ÉCHOS POÉTIQUES

DE

L'AME CHRÉTIENNE

PAR THEOPHILE BARIL

TOME DEUXIÈME.

LA ROCHELLE

TYPOGRAPHIE DE G. MARESCHAL

—

1844

ÉCHOS POÉTIQUES

DE L'AME CHRÉTIENNE

LA ROCHELLE. — TYP. G. MARESCHAL.

ÉCHOS POÉTIQUES

DE

L'ÂME CHRÉTIENNE

PAR THÉOPHILE BARIL

TOME DEUXIÈME.

LA ROCHELLE

IMPRIMERIE DE G. MARESCHAL, RUE DE L'ESCALE, 20.

—

1843

LIVRE TROISIÈME.

PREMIER ÉCHO.

L'Eurotas.

I

L'Eurotas.

Il remplira de ruines les nations jugées !
sur la terre, il brisera la tête d'un grand
nombre !

(Psaume 109.)

Avançons ! le voilà ! voilà ce fleuve où l'onde
Silencieusement dans une paix profonde
Coule, coule toujours, mais les Grecs n'y sont plus !
Lacédémoniens, vous êtes disparus !

O fleuve solitaire, encor rempli de charmes,

Quel voyageur te voit sans répandre des larmes,

Sans que son cœur ému ne dise : Vanité...

Sans reconnaître enfin notre fragilité !

Moi je me sens pressé du doigt de la tristesse...

Coule, coule, Eurotas; pleure, pleure la Grèce !

Tes enfants ne sont plus ! mouille leurs ossements...

Eurotas ! Eurotas ! quels profonds sentiments

Ton aspect désolé fait surgir dans mon âme !

Du soleil qui descend la rayonnante flamme

En rougissant les monts et quelques vieux débris,

A beau faire briller tes lauriers et tes lis,

Et ton sable doré ! tu n'es à la paupière,

Tu n'es que l'ornement d'un vaste cimetière !

Ah ! coule désolé ! jusqu'au jour où les morts

Dans leurs tombeaux ouverts retrouveront leurs corps !

Qu'est-ce que l'homme, ô Dieu, c'est un songe qui passe;

Des Grecs dans leur pays je ne vois nulle trace !

Pas un seul monument autour de l'Eurotas !

Tout s'est anéanti sous la main du trépas !

Tout n'est plus que poussière et que vaste silence !

Et rien des temps passés n'atteste l'existence,

Que ce fleuve dont l'eau ne couvre pas son lit,

Et que ses verts roseaux dont il est embelli,

Et ses beaux lis d'azur et ses beaux lauriers-roses ;

Et voilà les débris, hélas ! de tant de choses...

Que dis-je ! ces lauriers sont l'ouvrage de Dieu.

Rien n'est resté de l'homme en ce funèbre lieu !

Et si l'homme n'avait, dans son génie immense,

De son pays si beau laissé la souvenance,

Le voyageur pourrait côtoyer l'Eurotas ,

Marcher, se reposer sur ce sol du trépas ,

Sans se douter qu'ici vécut, rempli de gloire,

Un grand peuple qui fut martyr de la victoire !

Triste Lacédémone, où donc, où donc es-tu ?

Est-il quelques débris de ta mâle vertu ?

Parle, Lacédémone, ah! quel affreux silence...
Avec la liberté, tu perdis l'existence!
Les échos de ton fleuve, où croissent les lauriers,
Répétaient de tes fils vainqueurs, les chants guerriers;
Maintenant plus de cris de guerre et de victoire;
Le néant des tombeaux! Encor, dans la mémoire,
— Car où sont-ils? — mes yeux les chercheraient en vain
On ne voit qu'un tombeau, c'est un tombeau sans fin!

Mais tu n'es pas changé, toi, bel azur céleste;
Ce fleuve se tarit, il n'est plus aucun reste
Du peuple qui frappait les astres de sa voix;
Tel tu brilles encor, tel tu fus autrefois!
Tel tu rayonneras dans deux mille ans, sans doute,
Ou du moins jusqu'au jour où l'astre, de sa route
S'écartant, se heurtant, se brisant dans les cieux,
De l'espace infini viendra frapper ces lieux!

Voilà, voilà ton ciel d'azur, Lacédémone,

Où chaque étoile encore et scintille et rayonne,

Comme dans ces beaux jours où tes enfants guerriers

Couraient à la victoire et cueillaient des lauriers !

Où les heureux festins, où les luttes publiques,

Les acclamations et les jeux olympiques,

Annonçaient un grand peuple, un peuple de héros

Qui grondait, mugissait, semblable aux grandes eaux ;

Semblable à ces torrents élancés de leur source

Qui mugissent au loin, précipitant leur course,

Et qui vont s'engloutir dans le bassin des mers.

Où sont-ils ? c'est le sort de ces peuples divers

Qui furent jusqu'au ciel portés par la victoire,

Et que l'on vit descendre, au milieu de leur gloire,

Dans le silence affreux des gouffres de la mort :

Grecs immortels ! Romains, tel fut donc votre sort !

Comment ont pu périr deux peuples si célèbres?

Rome, Athène, ne sont que deux lambeaux funèbres,

Où l'on peut déchiffrer deux mots de vérité,

Deux mots qu'ils ignoraient : néant et vanité !!...

Mais le soir ramenant l'harmonieuse brise,

Sur le fleuve on entend comme un orgue d'église !

Roseaux de l'Eurotas, vous gémissez encor

Comme un agonisant dont s'approche la mort !

On dirait, aux soupirs exhalés de ces rives,

Qu'il est encore ici trois cents ombres plaintives !

Serais-tu donc errant au bord de l'Eurotas,

Spartiate immortel? réponds, Léonidas!

Léonidas!... l'écho n'a plus sa voix fidèle

Pour répéter ton nom d'une gloire éternelle !

Mais les siècles en vain sur ton vieux souvenir

Se sont accumulés, tu ne peux pas mourir !

La gloire d'un héros traverse tous les âges,

Et tu me vois pensif, assis sur ces rivages,

Pour méditer ta gloire, aussi belle aujourd'hui

Que si ton nom des temps n'eût pas bravé la nuit!

La gloire et la vertu, comme l'âme immortelle,

Ne vieillissent jamais! leur jeunesse éternelle

Est pareille à l'étoile au fond du firmament,

Qui scintille toujours majestueusement

Et jette sur nos fronts une lueur semblable

A la lueur qu'elle eut, quand le doigt adorable

Du Créateur des cieux lui traça son chemin

Parmi tant de soleils dans l'espace sans fin !

Léonidas, ton nom est un faisceau de gloire :

Mourir pour sa patrie, oh ! la belle victoire !

C'est la plus belle, après l'incomparable honneur

De verser tout son sang pour le Nom du Sauveur !

La vierge au front d'argent dans l'azur se balance,

Et sur le fleuve encor se regarde en silence,

Elle n'est plus ici la sœur du dieu des arts,

C'est le flambeau des nuits pour guider nos regards,

Et qu'un seul Dieu plaça dans la céleste voûte

Pour ne s'éteindre plus, et pour montrer sans doute

Que, nuit et jour, il veille et n'abandonne pas

L'homme, l'homme immortel qui brave le trépas!

Brille donc! brille donc sur la triste poussière

Des Grecs anéantis! Ta candide lumière,

Tes rayons incertains conviennent aux tombeaux,

Fais tressaillir encor les mânes des héros

Qui dorment jusqu'au jour où les fils de la Grèce,

Engloutis maintenant dans une nuit épaisse,

Avec tous les Romains et les peuples divers,

Doivent ressusciter au bruit des saints concerts,

Lorsque les Séraphins au-dessus de nos têtes

Prolongeront la voix des terribles trompettes,

Et que l'écho des cieux redira tour à tour :

De l'immense univers voilà le dernier jour!

Alors commencera la véritable gloire!...
Et Dieu sera le prix de la belle victoire
Que l'homme vertueux remporte sur son cœur :
Ce n'est que la vertu qui fait l'homme vainqueur!

Je voulais voir ce fleuve immortel de la Grèce,
Je le vois et mon cœur nage dans la tristesse,
Comme l'ami pensif de l'ami qui n'est plus
Cherche au sein des tombeaux les vestiges perdus!
Adieu, bel Eurotas, coule et baigne tes rives,
Murmure dans ton lit sous les brises plaintives,
Comme une voix qui pleure et jette nuit et jour
Des soupirs éternels de regrets et d'amour!
Adieu, fleuve isolé, toujours brillant de charmes,
Une fois de mes yeux vois tomber quelques larmes
Dans tes flots où le cygne est mort avec tes Fils
En rendant des accords qui sont évanouis!

2

L'homme est un voyageur qui de la même terre

Ne foule pas deux fois la lointaine poussière !

O fleuve de Licurgue ! adieu, triste Eurotas !

Je vais voir une terre où règne le trépas !

Adieu ! quoi ! tu réponds ! un cri de mélodie,

Un soupir doux et vague, une voix attendrie

De tes lauriers en fleurs, de tes charmants roseaux,

Sort, et semble animer le calme des tombeaux !

Ah ! m'aurais-tu compris ? émotion soudaine...

Oui, je vais méditer sur les restes d'Athène !

Appuyé sur le seuil sacré du Parthénon,

Je nommerai Licurgue et l'immortel Solon !

Et parmi le silence et les débris funèbres,

Où sont-elles ? dirai-je ! O cités trop célèbres !

Lacédémone ! Athène ! immense vanité !

Chef-d'œuvre de la gloire et de la liberté !

Ah ! vos législateurs dorment sous vos ruines !

Quelques temples encor, par leurs beautés divines,

Annoncent le tombeau d'un peuple où la grandeur,

La force et le génie, étaient dans leur splendeur !

Oui, je vais méditer sur le cercueil d'Athène !

Mais, ô bel Eurotas, près de toi qui m'enchaîne?

Adieu ! coule toujours ! coule toujours en paix !

Adieu, bel Eurotas ! adieu donc pour jamais !

Partons !... dans l'Orient la pourpre de l'aurore,

Sur le sommet des monts se réfléchit encore ;

Le frisson du matin sur moi vient de passer,

Et je vois dans l'azur chaque astre s'éclipser,

Et le flambeau des nuits s'éloigner dans l'espace

En disant au soleil : « Reviens prendre ma place ! »

Dans l'univers tout parle, et la nuit dit au jour :

« Obéis à ton Dieu ! va briller à ton tour ! »

France, ô belle patrie, ô séjour de la gloire,

Ton souvenir toujours revient à ma mémoire ;

Les flots, le temps, l'espace ont beau nous séparer,
Tu remplis tout mon cœur que tu fais soupirer!
Dans ces champs désolés, ces débris, ce silence,
Un mot cher à mon cœur retentit partout: France...
France... et l'écho des Grecs redit ce nom si beau
A la place du nom qu'efface le tombeau!
Oui, l'écho ne veut plus, dans sa grande tristesse,
Répéter à l'écho le beau nom de la Grèce!
France, toujours plus belle, éloigné de ton sein,
Je pense encore à toi dans ce brillant matin!
Sanctuaire des arts, majestueuse France,
Quel pays égala ta gloire et ta puissance?
Et l'Égypte et la Grèce et Rome la Cité,
Écrites sur le front de l'immortalité,
Avec leurs monuments dont le monde s'étonne,
Et que le temps vaincu, dans sa honte, couronne,
Tous ces peuples si grands, si célèbres jadis,
N'ont jamais surpassé la gloire de tes Fils!

France, que seras-tu? dois-tu, comme la Grèce

Dont l'aspect désolé nous voile de tristesse,

Sous le bras qui s'étend sur les peuples divers,

Crouler et de ta chute étonner l'univers?

Ah! quand ces beaux pays resplendissaient de gloire,

Qui pouvait s'en douter? Qui donc aurait pu croire

Qu'un jour ils ne seraient que silence et tombeaux?

Qu'il ne resterait rien de leurs temples si beaux

Que des débris debout pour attester sans cesse

De ces peuples détruits l'orgueil et la faiblesse?

France! France chrétienne! ô pays des vertus,

Toi, comme les Romains, les Grecs, ne serais plus?

Dois-tu voir tes enfants, ô glorieuse France,

Sous tes vastes débris dormir dans le silence?

Un jour le voyageur sur tes restes sacrés,

Sur tes temples, hélas! dans la poudre rentrés,

Viendra-t-il, comme moi sur ces vastes ruines,

Où glissent les soupirs et les voix argentines,

Des brises du matin, méditer et s'asseoir?

O France, nos neveux un jour doivent-ils voir

Dans des combats affreux leur auguste Patrie

Des vainqueurs par sa mort assouvir la furie ?

Non ! tant que le drapeau sublime de la croix

Flottera glorieux dans la main de tes rois,

L'ange exterminateur, au-dessus de la France,

Passera, passera dans un profond silence...

Et s'étant incliné devant nos saints autels,

Ira remplir ailleurs les ordres éternels :

Tel l'Ange, que jadis la vengeance suprême

Pour punir les méchants marqués de l'anathème,

Envoya de là-haut, suivi d'un feu vengeur,

Au-dessus des cités passa plein de douceur,

Et le souffle enflammé suivait toujours l'Archange

Qui chantait de son Dieu l'éternelle louange,

Et s'écriait : « Seigneur, est-ce ici que mon bras

» Doit frapper et remplir la terre de trépas? »

— « Non ! non ! marche toujours ! » Et la flamme mortelle

Suivait l'Ange où brillait une gloire éternelle ,

L'Ange vengeur, armé d'un glaive flamboyant ,

Dont le terrible aspect paraissait foudroyant !

— « Est-ce ici ? » — « Tu l'as dit ! » Et la flamme dévore

Tous les enfants impurs de Sodome et Gomorrhe...

Des hurlements affreux dans des feux dévorants,

Sont bientôt étouffés ! malheur aux indécents !!...

Non ! tant que brilleront sur nos temples gothiques

Les armes de l'amour, les armes catholiques ,

Tant que chaque matin le prêtre au seul vrai Dieu

Offrira le calice à l'autel du saint-lieu ,

Tant que le Pain sacré, la bienheureuse Hostie,

Apportera la paix à notre âme attendrie ,

Et que la voix du prêtre éloignera de nous

Du grand Dieu trois fois saint le terrible couroux ,

Que le Saint-Sacrement adoré des archanges

Qui lui jettent d'en-haut l'encens et les louanges,

Dans chaque église aura de purs adorateurs,

Le recevant toujours en répandant des pleurs...

Non! non! ô mon pays! non! non! sublime France,

On ne te verra pas tomber en décadence!

Celui qui te créa de cent ans en cent ans,

La reine des cités, veille sur tes enfants!

Jésus que tu chéris et que ton âme adore,

Éloignera de toi le glaive qui dévore,

La malédiction qui ne peut se jeter,

Que sur le peuple impie osant le rejeter,

Osant dans sa fureur applaudir aux Voltaires

Qui se moquent du Christ qu'ont adoré leurs Pères!

Les exécrables jours où l'aveugle Paris

Mettait au rang des dieux le plus vil de ses Fils,

Enivré, proclamait sa noble apothéose,

Étouffant ce Démon sous les lis et la rose,

Ces jours ont amené les crimes odieux

Où l'on foulait aux pieds le Pain mystérieux,

Où l'on brisait partout les temples de nos pères,

Qui devenaient, hélas! les infâmes repaires

De ces hommes cruels, de ces représentants,

Républicains affreux! assassins dégoûtants,

Qui, sous le nom sacré, le nom le plus sublime,

Le nom de liberté, s'enivraient de tout crime,

Et prenaient à témoin du sang qu'ils répandaient,

Leur âme et conscience où les enfers siégeaient,

Et promettaient souvent à quelque concubine,

D'envoyer tel et tel rougir la guillotine!

Ah! c'est dans cè temps-là que le plus beau pays

Était déjà jonché de cendre et de débris!

Que, dans ses fondements, notre immortelle France

S'ébranlait, chancelait, tombait en décadence!

Et n'était bientôt plus qu'un grand corps expirant

Sous l'athéisme affreux et les bras du tyran!

Mais Napoléon vint briser la république,
Relever les autels du culte catholique,
Rappeler les pasteurs dans nos temples déserts,
Et la France est encor reine de l'univers!
Telle Jérusalem reparaissait plus belle
Et brillait jusqu'aux cieux d'une gloire éternelle,
Quand ses rois retournaient au culte du Seigneur,
Et faisaient à ses pieds fumer la bonne odeur
Des parfums de l'encens et des saintes prières,
Et mouillaient le parvis de leurs larmes amères!

Français, rallions-nous au pied de nos autels,
Car les Peuples-Chrétiens demeurent immortels!
Les Romains et les Grecs sont tombés sous la foudre
Qui réduit l'idolâtre et l'incrédule en poudre!
Attachons-nous toujours à la Religion
Éloignant des cités la désolation!

Que le Christ qui protège et bénit notre France

Ne trouve plus en nous la molle indifférence

Où nous vivons, hélas ! loin des sacrés autels

Qui reçurent pourtant nos serments solennels !

O France, loin de toi, mon sein brûle et s'enflamme :

Puissent, puissent au moins ces élans de mon âme

Monter jusqu'à celui dont les vastes regards

Embrassant l'univers, percent de toutes parts !

Ah ! puissent tes enfants dans leur âme attendrie

Recevoir leur Sauveur dans l'ineffable Hostie...

Et l'on verra toujours les glorieux Français

Jusqu'à la fin des temps prospérer dans la paix !

DEUXIÈME ÉCHO.

Larmes d'Amour.

II

Larmes d'Amour.

C'est ici que l'objet dont la céleste image

        Vit toujours dans mon cœur,

Goûte le long sommeil sous ce mourant feuillage ;

        O passagère fleur !

Détachez-vous, tombez, tombez feuilles d'automne,
Tombez sur son cercueil !
Tombez ! à votre bruit tout mon être frissonne,
Tombez, signes de deuil !

Sous ce pâle soleil, nature échevelée
Pareille à la douleur
Qui veille dans la nuit sur un froid mausolée
La moitié de son cœur !

Nature, dans ce jour où se meurent tes charmes,
Mon cœur est moins serré !
Pleurons ! échappez-vous trop amoureuses larmes
Sur l'objet adoré !

La céleste vertu mérite qu'on la pleure,

    Qu'on la pleure toujours ;

Et de mes larmes rien jusqu'à ce que je meure

    N'arrêtera le cours !

Oh ! quand je vois ses yeux plus chastes qu'une étoile

    Se promener sur moi,

Ses yeux où l'amitié, l'amour pur qui se voile

    Me disait : « toute à toi ! »

Je regarde le ciel, bel espoir qui console !

    Mais, plein de ma douleur,

Je m'écrie : arrêtez cet ange qui s'envole,

    Il emporte mon cœur !

Comme l'écho des bois qu'un rossignol réveille

Dans la nuit d'un beau jour,

Le souvenir encor reporte à mon oreille

Ses paroles d'amour :

» Mon ami, parcourons ensemble, disait-elle,

» Les bois et les vallons,

» A deux cœurs innocents, la solitude est belle...

» Aimons-nous, adorons !

» Aimons-nous ! dans l'exil l'amour est le seul baume

» Qui soulage en tout lieu !

» Adorons et chantons sous le céleste dôme,

» La source d'amour : Dieu !!!

» Au centre du bonheur je verserais des larmes,

  » Si les nœuds de l'amour

» A la mort se brisaient ! mais soyons sans alarmes

  » Pour notre dernier jour !

» Comme l'oiseau tout blanc, avant toi, si mon âme

  » Revole au Créateur,

» Tu ne seras pas seul, j'adoucirai la flamme

  » De ta vive douleur !

» Du sein de l'Infini regardant sur la terre

  » Pour voir mon bien-aimé,

» Je l'envelopperai dans les plis du mystère

  » De l'amour embaumé !

» Quand l'esprit de la mort qui redonne la vie

» Voltigera sur toi,

» Ton âme ira bénir dans la sainte patrie

» Jésus-Christ, avec moi ! »

Elle disait, Jésus ! Et comme si son âme

Eût pressenti la mort,

Je vis de ses beaux jours se dénouer la trame

Comme un ange qui dort !

Dans son dernier regard mourant sous sa paupière

Tout son espoir brilla,

Et cette tendre fleur à la douce lumière

Du matin, s'effeuilla !

La nuit à mes regrets toujours compatissante,

A pitié de mes pleurs !

Toujours le même songe !! et sa main languissante

Me jette encor des fleurs !

Tantôt je crois la voir à l'autel de Marie

Quand s'efface le jour...

J'écoute ! que sort-il de sa bouche chérie ?

O mystère d'amour !

Tantôt au bord du lac où nous chantions ensemble

La beauté du Seigneur !

Un songe désiré quelques heures rassemble

Et mon cœur et son cœur !

C'est son esprit, Seigneur, qui m'entoure et qui m'aime,

Et qui perce les cieux !

Sur son ami qui pleure elle glisse elle-même

Et se montre à ses yeux !

Chaque souffle du vent détache de la branche

Une feuille qui meurt !

Temps rapide jadis, à mes longs jours retranche :

Là n'est plus mon bonheur !

L'amour et l'amitié se partagent mon âme

Pour toujours! pour toujours !

Puisqu'au ciel est l'objet qui nourrit cette flamme,

Je n'attends rien des jours ?

Ah! je ne compte plus de limpides journées,

Bel ange, loin de toi!

Coulez donc, coulez donc, tristes jours, mois, années,

Coulez, emportez-moi!!

Seigneur, votre regard pénètre ma poitrine

Et le fond de mon cœur!

Ce cœur, vous le voyez, vers le tombeau s'incline

Comme une tendre fleur!

Relevez-le, mon Dieu, je boirai le calice

De regrets et d'amour!

J'unirai ma tristesse à votre sacrifice

Jusqu'à mon dernier jour!

Sous l'olivier sacré, le front dans la poussière,
Vous succombiez, Sauveur !
Mais un ange envoyé des palais de lumière,
Releva votre cœur !

Ah! le poids des regrets oppresse ma poitrine !
Je ne respire plus !
Envoyez! envoyez, Providence divine,
L'ange, comme à Jésus !

TROISIÈME ÉCHO.

Le Rouge-Gorge et le Pinson.

III

Le Rouge-Gorge et le Pinson.

Chacun a besoin d'espérance,
Sans elle, on ne pourrait supporter l'existence !
Le Rouge-gorge et le Pinson
Vont appuyer ce que j'avance :

La neige avait couvert les arbres du vallon,

    Et tout était blanc sur la terre!

Dans un ciel sombre et froid l'astre de la lumière

Ne pouvait jusqu'à nous darder un seul rayon !

    La campagne était solitaire,

Et les petits oiseaux de buisson en buisson,

Voltigeaient en cherchant de quoi se satisfaire;

Mais, hélas! pour calmer les douleurs de la faim,

A peine trouvaient-ils à manger quelque grain !

La plupart languissant sur l'arbre sans feuillage,

    Étaient tristes, silencieux,

    Et les échos mélodieux

    Ne prolongeaient plus leur ramage,

En lui prêtant encore un embellissement :

On n'entendait au loin que le croassement

Des corbeaux qui, par troupe, allaient chercher leur proie.

Ainsi sur les buissons, dans les bois, plus de joie !

Mais comme on dit souvent (et ce n'est point à tort)

Sans exception pas de règle.

Le Rouge-gorge, seul, chantait! chantait encor!

Sans craindre ni l'autour à la griffe de l'aigle,

Ni le froid, ni la faim, et, content de son sort,

Sur le bout d'une branche où le soir il s'endort,

Il chantait : sa chanson par l'écho répétée,

Paraissait réjouir la campagne attristée!

Image des grands cœurs qui, dans l'adversité,

Ne perdent ni leur paix, ni leur douce gaîté!

Un Pinson, au contraire, avait l'aile pendante,

Et le froid et la faim ne pouvant supporter!

Cependant il ne peut s'empêcher d'écouter

La voix du Rouge-gorge, en hiver, étonnante!

Il s'approche et lui dit d'une voix tremblotante :

Hé! quel charme puissant peut vous faire chanter,

Quand nous mourons, hélas! de faim et de froidure?

—En tous temps, il est beau de chanter la nature,

Répond le Rouge-gorge avec simplicité,

Comme vous je languis, mais l'espoir me rassure ;
Par cet instinct si doux mon cœur est transporté !
J'attends que le printemps ramène la verdure,
Le mois de nos amours sous un ciel enchanté,
Les fleurs aux doux parfums qu'arrose l'onde pure
Où pour nous rafraîchir nous nous baignons l'été ;
En chantant, je peux mieux supporter son absence ;
Déjà dans mon esprit, je le sens ! je le voi !
Ce qui me fait chanter quand tout est en silence,
Quand nous languissons tous et de faim et de froid,
  Apprenez-le : c'est l'Espérance !!!

Que cet oiseau me plait ! que son exemple est beau !
Ah ! que chacun de nous retienne sa parole !
L'espérance en nos cœurs descend dès le berceau,
Et cet ange nous suit par-delà le tombeau !
Elle est dans le malheur un ami qui console !

C'est l'âme de notre âme et son divin flambeau !

Elle est à notre vie en misères féconde,

Ce qu'est le pain au corps et la lumière au monde !

Elle est plus douce au cœur qu'aux lèvres n'est le miel !

Ah ! c'est le plus beau don qu'à l'homme ait fait le ciel !

Il dissipe avec elle un chagrin qui dévore !

Et s'endort sur la foi d'une plus belle aurore !

S'il la perd, c'en est fait ! de soi-même assassin,

On le voit se plonger un poignard dans le sein !

Que les malheurs de Job sur moi l'Éternel lance !

Qu'à l'esprit des enfers il donne la puissance

De m'arracher soudain ce que chérit mon cœur,

D'étendre sur ma chair ce mal qui fait horreur,

J'y consens !... s'il me laisse un rayon d'espérance !!

QUATRIÈME ÉCHO.

L'Éloquence ou la Puissance de la Parole.

4

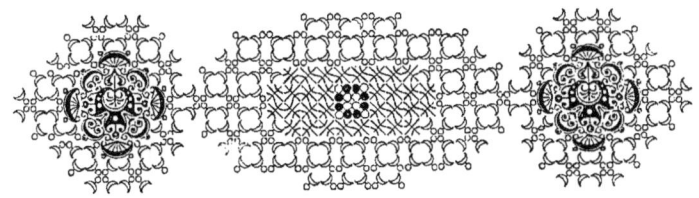

IV

L'Éloquence

OU LA PUISSANCE DE LA PAROLE.

A Monsieur de Lamartine.

Tu désiras toujours le bonheur de la France ,
Tu voulus son repos , sa gloire et sa puissance;
Tu défendras nos droits et notre liberté
Avec un zèle égal à ton intégrité :
Ma muse te dédie et t'offre son ouvrage ;
De mon amour pour toi reçois ce faible gage !

(MON PÈRE , dédicace d'un POÈME français.)

I

Crois-tu donc que mon cœur , où ton beau nom rayonne ,
Cesse de palpiter un instant sur ton cœur !

Au travers de ce monde où l'orgueil tourbillonne,
Je te revois toujours, ô Poète vainqueur !

Toujours de ton génie embellissant la France
Les rayons divergents remplissent les cités,
Mon Pays ne craint rien, soleil de l'espérance,
Quand tu verses sur lui tes reflets enchantés !

Tu te levas bien pur à l'horizon sublime,
Et les Français émus saluèrent le jour :
Ta harpe retentit ! et l'Europe unanime
Répéta tes accents dans un élan d'amour !

Et tu fus proclamé l'Archange des Poètes,
Et ton nom s'inscrivit au front du firmament,
Où des globes de feu les lumières secrètes
L'ont toujours couronné mystérieusement !

II

Aujourd'hui, franchissant les bornes de ta sphère
Et sur les nations déchargeant ton grand cœur,
Tu grondes, tu mugis comme un vivant tonnerre,
Fier lion! tendre agneau! Salut donc, Orateur!

L'action! l'action sur ses ailes de flammes
T'ouvre un vaste chemin dans les esprits divers,
Ton organe puissant a remué les âmes!
L'éloquence a toujours embrasé l'univers!...

A réveiller les cœurs l'Éternel te destine,
Parle et fais tressaillir mon pays glorieux,
Arrache son linceul, généreux Lamartine,
Brise l'indifférence obscurcissant les cieux!

L'orateur est un Dieu qui crée un nouveau monde !

Il dit : « Que la lumière embrase tous les cœurs. »

Et sa parole roule enflammée et féconde

Ainsi que le soleil pour verser ses splendeurs !

III

Le jour, le jour se fait dans notre belle France,

L'orient se colore et l'astre de la Foi

Se lève en dissipant la sombre indifférence,

Et le Catholicisme est encor notre Roi !

La République est loin, et plus le temps s'écoule,

Et plus son souvenir indigne les Français ;

Ce qu'on avait brisé ressuscite... et la foule

A soif d'Eucharistie et d'amour et de paix !

Et l'Abbaye entonne un nocturne cantique ,
Le *Te Deum* volant sur ses ailes de feu ,
Comme l'aigle ravi dans l'espace mystique...
Et le vieux temple encore a retrouvé son Dieu !

Oui , la Religion catholique s'élance
Sur le vaste univers qu'elle embrasse à jamais ,
Comme l'antique roi , dans son essor immense ,
Nous enveloppe tous de ses divins reflets !

Non , non , l'humanité n'est pas anéantie ,
Le Philosophe meurt dans son orgueil glacé ,
Tandis que sur l'autel la pure et blanche Hostie
Sourit à l'univers comme dans le passé !

La Foi du Moyen-Age est encor sur son trône,
Son sceptre indestructible a touché mon pays,
Et mon pays tressaille et l'espoir le couronne,
Et l'innocence encore entr'ouvre ses blancs lis!

Assez nous avons bu dans cette coupe amère
Qu'avait rempli Luther, astre tombé des cieux,
Qui brûla le beau sein de notre antique mère
Avant que de s'éteindre en nos terrestres lieux!

Assez nos pauvres cœurs de la Philosophie
Ont porté tristement le joug ensanglanté;
Nous ne voulons que toi, Soleil qui vivifie,
Catholicisme! amour! raison et liberté!

Nous ne voulons que toi, suprême intelligence,
Qui de notre raison triste et pâle clarté,
Fait par la Foi sublime une lumière immense
Qui plane dans le sein de la Divinité!

Nous ne voulons que toi, Vérité-Catholique,
Raison mystérieuse où l'homme est près de Dieu,
Où la vie et la mort sont un hymne angélique
Où l'immortalité brille au dernier adieu :

Quand le soleil vainqueur sous l'horizon sublime
Descend, et que le soir inonde les vallons,
L'aigle descend aussi des hauteurs de l'abîme
Et sûr du lendemain s'endort sur les vieux monts !

Salut ! Catholicisme , étoile de notre âme ,
Dissipe le nuage et verse ta clarté ,
Le vaisseau de la France emporté sur la lame
N'a que toi pour flambeau dans son obscurité !

IV

L'humanité finit son vieux pélerinage ,
Le globe où nous vivons craque de toutes parts ,
Comme un vieux monument ébranlé par l'orage ,
Croule... et nous gémissons sur ses débris épars !

Du printemps s'est éteint le gracieux génie ,
Le soleil a perdu l'or de ses blonds reflets ,
Et des quatre saisons l'éternelle harmonie
Se brise... ô Jéhovah ! vos élus sont complets !

Le Moyen-Age a vu d'un regard prophétique
Qu'au siècle où nous vivons tout serait emporté!
Les temps sont accomplis! et l'astre évangélique
A répandu partout ses torrents de clarté!

V

O toi que le génie enflamme
Comme Dieu le jour éternel,
Toi qui renfermes dans ton âme
Un verbe auguste et solennel,
Dont la grandiose puissance
Émeut l'illustre et sainte France
Comme la foudre l'univers,
O toi qu'Adonaï destine

A l'OEuvre occulte... ô Lamartine !

Ma Foi t'a consacré ces vers :

Je t'ai toujours suivi dans ta noble carrière ;

Et je t'ai salué, Poète du Seigneur !

Maintenant sur ton front resplendit la lumière

Du divin Orateur !!...

Dans tes mains a brillé l'éclair de l'éloquence,

Et l'Europe étonnée écoute encor ta voix ;

Le scepticisme tremble... et malgré leur puissance

J'ai vu pâlir les rois !

Presque tous ont brisé le sceptre catholique,

Et le Catholicisme enfin va triompher :

O Rois, dépêchez-vous ! La foudre évangélique

Pourrait vous étouffer !

VI

Ah ! barbare Angleterre, encor quelques années,

Et ton luxe égoïste aura son châtiment...

L'Éternel a compté tes heures, tes journées,

Du haut du firmament !

Ah ! barbare Albion, assassin de l'Irlande,

Que tu voulais courber sous le joug de Luther,

Tremble, Femme perfide, ah ! frémis... Dieu commande

D'ouvrir sous toi l'enfer !

La ruine et la mort, enfants de l'Hérésie,

Au-dessus de ton front voltigent nuit et jour,

Ton cadavre hideux, comme ta poésie,

Va pourrir à son tour !

Mais toi, Vierge-Martyre, ô nation sublime,
Les Anges ont baisé les traces de ton sang…
Tu vas être vengée, immortelle Victime,
> Qu'aime le Tout-Puissant !

Rome a prié pour toi ! Rome, ta bonne Mère
Qui connaît ton amour et ta fidélité !
Oui, le Pape a porté ta coupe trop amère
> A la Divinité !

Console-toi, ma Sœur, la France est ton amie !
Et tu triompheras, comme la Vérité,
Que voulut dans ton sein ta perfide ennemie
> Éteindre par la cruauté !

Irlande! Irlande magnanime,

Pousse le cri de liberté...

Soudain d'une voix unanime

Ce grand cri sera répété

Au milieu du Catholicisme

Qui voit le froid Protestantisme

Crouler comme un faux dieu d'un jour !

Oh! ta liberté sera belle...

Aux pieds de l'Hostie éternelle,

Tu la chanteras dans l'amour !...

Le Français égaré par la Philosophie

Criait aux Nations : « Vive la liberté!... »

Mais il avait brisé l'autel qui vivifie,

    D'un bras ensanglanté !

Sa liberté ne fut qu'un affreux esclavage,

L'échafaud tyrannique épouvanta les cieux,

La liberté mourut au milieu de sa rage

    Comme un tigre odieux !

Mais la tienne est fondée, assise sur l'Hostie,

Elle triomphera par le Saint-Sacrement :

La liberté de Dieu n'est pas anéantie,

    C'est comme un firmament !

O Diamant de Rome, ô lis que l'Hérésie

N'a jamais pu flétrir de son souffle empesté,

Colombe de Jésus, oh ! quelle poésie

    Chanterait ta beauté !

Irlande ! Irlande ! Irlande ! admirable Héroïne,

Je donnerais mes jours pour combattre avec toi...

Oh ! le Catholicisme échauffe ma poitrine

    Comme le regard du grand Roi !

Le cœur du Catholique est comme un fleuve immense

De génie et de paix, d'héroïsme et d'amour !

Lion de vérité ! tendre agneau de clémence...

    Archange au terrestre séjour !

Telle tu fus toujours, Irlande bien-aimée...

La force pour souffrir ! L'amour pour pardonner...

Tu vainquis les bourreaux de la foi réformée !

    Et le ciel va te couronner.

Malheur à toi, Russie ! à vous tous, petits princes
Des différents pays de ce vaste univers :
Le Schisme et l'Hérésie ébranlent les provinces
    Des royaumes divers !

VII

Le roi, de l'Eternel est la vivante image,
Ainsi que le soleil est un rayon de lui...
Mais il doit abhorrer la réforme sauvage
    Qui rampe dans la nuit !

Le roi doit être enfant de l'Église féconde,
Où, depuis Jésus-Christ, la grandiose voix
Du Pontife-Romain ébranle encor le monde
    En présence des rois !

La Papauté soutient l'univers catholique,
De la France toujours elle fut le pivot :
Grande institution, merveille évangélique,
    Soleil toujours nouveau !

Mes regards sont tournés vers vous, Pontife auguste,
Votre siége-éternel est un foyer d'amour :
Je m'élance vers vous, Représentant du Juste,
    Comme mes yeux au jour !

Rome, rêve sacré, noble amour de mon àme,
Rome, sois donc toujours l'éternelle Cité !
Un feu mystérieux me ravit et m'enflamme
    Pour ta sainte beauté !

Oh! qui m'emportera sur ses rapides ailes
Jusqu'à tes pieds divins que baisera mon cœur!..
Rome, antique chemin des voûtes éternelles
  Où le juste est vainqueur,

Comme au fond de l'azur, la rapide étrangère
Triomphe en voyant fuir l'exil de quelques jours,
A qui sa tendre voix annonce avec mystère
  Le printemps des amours!

Le jour, je pense à toi, je t'aime, Église sainte,
La nuit, le doux sommeil me transporte à tes pieds,
Je salue en tremblant d'amour ta belle enceinte
  Où mes yeux sont liés,

Comme aux derniers degrés de la grande coupole
Les humbles feux du soir que l'on revoit toujours
Scintiller, scintiller, doux comme le symbole
  Des célestes amours !

Espagne, région héroïque, enflammée,
Où l'erreur n'a jamais pu trouver un accès !
Rome t'appelle encor sa fille bien-aimée...
  Sois fidèle à jamais !

Vatican ! Vatican ! triomphe donc... le monde
Gravite à ta clarté qui n'eut jamais de nuit...
Rome, antique soleil, ta lumière féconde
  Jusqu'à la fin nous luit !

Ceux qui t'avaient maudit dans leur révolte infâme,
En fuyant tes rayons ont fui la Vérité...
Mais leurs derniers enfants abjurent... et leur âme
Plonge dans ta clarté !

Plus le siècle est instruit, plus le Catholicisme
Resplendit triomphant aux yeux de l'univers :
Soleil, il fait pâlir le froid Protestantisme
Et les cultes divers !

VIII

Tu vois, Orateur catholique,
Où nous en sommes ici-bas...
Quelle est la sainte politique
Qui mérite tes grands combats!

Ton verbe émeut toute la France,

Le Scepticisme et l'Espérance,

Tous les partis... Car l'éloquence

Fait tressaillir jusqu'aux tombeaux...

Poète-Orateur, qu'elle est belle

Ta mission ! Voix immortelle !

Comme une foudre solennelle,

Déchire le mal en lambeaux !...

Jamais heure plus décisive

N'a sonné pour les nations :

L'erreur vaincue et fugitive,

Traîne ses malédictions...

Il se fait un duel terrible,

Entre le Philosophe horrible

Et le Catholique invincible !

Qui donc des deux triomphera ?

Sera-ce l'enfant de Voltaire

Avec sa sagesse adultère

Que l'orgueil pourrit?—Non, ma Mère...

C'est toi... le ciel applaudira...

» Il est englouti dans la tombe,

» Celui qui réveillait les morts...

» Nous l'avons vu, frêle colombe,

» Tomber vaincu sous nos efforts! »

—Ainsi parlait le Juif horrible,

Tandis que le Christ invincible

Avec la Mort, Ange terrible,

Luttait dans le gouffre odieux...

Le ciel et l'enfer en silence

Contemplaient ce duel immense:

La Mort tombe... et Jésus s'élance

Dans l'applaudissement des cieux!...

Crie aux députés de la France

De n'agir que pour sa grandeur...

Sa liberté, c'est l'espérance !

Sa Foi la revêt de splendeur...

Que la machine politique

Dont le pivot est catholique,

Fonctionne, grande, énergique

En présence des nations...

Qu'enfin triomphe la justice...

Que sa volonté s'accomplisse,

Pour que Dieu dans notre Calice

Verse ses bénédictions !!...

IX

Député de Mâcon, comprends bien ton époque.

Malheur à l'orateur ennemi qui s'en moque,

Et se rit de la Foi luttant avec l'erreur,

Ne se souvenant plus des jours de la terreur...

L'éloquence incendie, ou, lumière féconde,

Éclaire heureusement le ciel de notre monde,

Comme de l'orient le soleil qui nous luit

S'élance par degrés pour dissiper la nuit !

Chaque gouvernement influe avec puissance

Sur la prospérité de l'antique Croyance.

Un bon roi la laissa toujours aller au but !

Dans les siècles lointains la politique fut

Le trône ou l'échafaud de la Foi salutaire :

Henri huit débauché séduisit l'Angleterre !

Des immortels Français, jadis le premier roi

Ouvrit dans son royaume un chemin à la Foi...

Politique profond, la tribune orageuse

S'étonne de ta voix sublime et courageuse

Qui ne peut s'enchaîner dans le cercle glacé

D'où rien, pour l'avenir ou le divin passé,

Ne se lève puissant pour dominer la foule,

Où l'indécision comme un tonnerre roule,

Amoncelant toujours, au milieu des éclairs,

Les nuages obscurs qui flétrissent les airs,

Et n'attend aujourd'hui qu'une voix inspirée

Pour s'élancer enfin dans la route sacrée,

Où la sainte Justice et l'ineffable Paix

Recevraient dans leurs bras les augustes Français,

Qu'à briser la Réforme un Dieu juste destine !

A toi la mission, auguste Lamartine,

A toi la mission de faire triompher

La liberté du Christ qu'on voudrait étouffer !

Combats cette éloquence, horrible météore

Qui, bien loin d'éclairer l'humanité, dévore

Les restes d'espérance et les restes d'amour

Jetant quelque lueur au terrestre séjour !

Ah ! Luther et Calvin, tu le sais, ô grand homme,

Auraient anéanti, sans l'Église de Rome,

Le pivot qui soutient tout l'univers moral :
Les dogmes dissipant les ténèbres du mal...
Les Saints-Pères toujours éclairèrent le monde...
Luther l'incendia de sa lumière immonde !...

Rien ne fait tant de mal, rien ne fait tant de bien
Qu'une grande éloquence : Héroïne, elle tient
Le fer de la discorde ou le rameau sublime
Dont l'ombre rafraîchit tout un peuple unanime,
Comme le chêne immense, au bord riant de l'eau,
Sous ses bras protecteurs abrite le hameau !
La voix des orateurs de la démocratie
Ébranla, déchira notre France obscurcie,
Et sut communiquer au peuple tout puissant
La rage des démons, l'ardente soif du sang !
Et depuis Mirabeau jusques à Robespierre,
L'éloquence ne fit qu'arracher pierre à pierre

Le trône séculaire où s'asseyait vainqueur
Le Roi dont la beauté remplissait notre cœur,
Comme les doux rayons du printemps de l'année
Embellissent les jours de notre destinée !
Mais ce trône immortel ne peut être détruit...
Il se relève encor sans révolte et sans bruit.

Salut, Catholicisme, ineffable lumière !
Non, non ! tu n'es pas mort ! Soleil dont la carrière
Embrasse notre globe et va se perdre en Dieu !
Tout bénit ton retour en ce terrestre lieu...
C'est que l'humanité dans le doute se brise !
C'est que sans toi la vie est une horrible crise,
Une convulsion, une énigme de feu
Qui ronge notre cœur en étouffant son Dieu !
Règne encor, règne encor, belle Église de Rome,
Toi qui donnes toujours des ailes à chaque homme

En revêtant son âme où luit la Vérité,
D'amour, d'intelligence et d'immortalité !

X

Lamartine, aplanis par ta belle éloquence
Le chemin où l'Esprit de l'Éternel s'avance ;
Politique-Chrétien et Poète-Orateur,
Laisse tomber ta voix de sa grande hauteur !
Tel un souffle puissant quand des vapeurs immondes
Cachent du roi du jour les lumières fécondes,
Dissipe en un moment l'obscurité des cieux,
Et nous montre ce roi plus brillant à nos yeux,
Ainsi parle, et bientôt le Soleil catholique
(Que crut avoir éteint la fière République)
Vainqueur, éclairera de ses rayons sacrés
Des enfants de Brutus les débris exécrés !

Ne cède pas ta place, ô mon illustre Maître !

Pour ce dernier combat l'Éternel te fit naître

De parents où la Foi brilla jusqu'à la fin...

N'écoute que la voix qui t'électrise... Enfin

Sois digne de ta mère... Et qu'un jour on se dise :

Il prépara la voie à l'éternelle Église !

Et fut un des Chrétiens qui crièrent bien haut :

« Place, Philosophie, à l'Esprit du Très-Haut !!... »

XI

Elle vient triomphante, et sous ses pieds le dôme

S'abaisse et tressaillit comme sous Jéhovah !

Tout salue et bénit cette église de Rome,

     Lumière de chaque homme

     Dont le faux jour s'en va !

Elle franchit les cieux cette nouvelle aurore,
Et jamais l'horizon, quand surgit la clarté
Et qu'un éclat de lis blanchit l'immensité,
Plus beau ne se colore
Que l'aube où luit encore
L'astre nouveau qu'adore
Toute l'humanité!

Sa splendeur inonde
Comme une eau féconde
Ces terrestres lieux!
Dieu dit : avance...
Et soudain s'élance
L'astre radieux...
Et les airs frissonnent,
Et les bois entonnent

Les Hymnes des cieux,

L'âme s'électrise,

Le doute se brise,

Et l'antique Église

Triomphe à nos yeux,

Comme après la crise

D'un siècle odieux,

Le Pape suprème

Triompha lui-même,

Et victorieux

De l'homme superbe,

S'assit sur le Verbe,

Grand, mystérieux !

XII

La vierge de l'automne, au front mélancolique,

Dans un coin de l'azur m'apparaît... et les bois

6

Agitent leurs rameaux, et leur chantre mystique
Traîne sa douce voix!

Un frisson bienheureux a passé sur mon âme,
Et le recueillement me berce dans l'amour :
Replions, replions nos deux ailes de flamme;
Suspendons notre lyre au chêne vert qu'enflamme
Le dernier regard d'un beau jour!

Ah! que rapidement, comme une ombre légère,
Autour de moi j'ai vu se succéder les jours!
Déjà mon corps vieillit et mon âme étrangère
N'est qu'au printemps de ses amours!

L'énigme de ma vie est claire pour mon âme...
Je marche... et j'aperçois mon but dans le lointain...
Voyageur immortel, au-dessus de la lame
La Foi brille et conduit mon navire incertain!

Ah ! j'aspire à revoir un objet que j'adore,

Un ange à qui je dois les amours de Jésus !

Malgré vingt ans d'absence, oh ! que je l'aime encore !

Je m'endors sur son sein embaumé de vertus !

En toi je trouverai la tendre sympathie,

Toi d'amour, de douleur, de regrets couronné !

Hélas ! comme le Dieu de l'ineffable Hostie,

Aux épines trois fois ton front fut destiné !

Trois fois tu vis s'ouvrir et se fermer la tombe...

Et ton âme y voltige, ainsi qu'une colombe

Qui rase en tressaillant le nid de ses amours !

Lamartine, pleurons ces débris de nous-mêmes...

Mais élevons notre âme aux demeures suprêmes

Où nous les reverrons pour les aimer toujours !!!...

Allons quand tout frissonne et que les douces choses

Sous l'haleine des vents pâlissent par degrés,

Que l'automne flétrit jusqu'aux dernières roses,

Allons nous recueillir sur leurs restes sacrés !

Le calme des tombeaux est une échelle immense

Qui rapproche de Dieu le cœur plein d'espérance...

Pleurons ! prions ! pensons ! méditons ! espérons !

Il nous ont précédés dans la vie éternelle...

Et sur nos yeux mouillés, de leur âme immortelle

Ne sens-tu pas glisser les amoureux rayons !...

Mais levons-nous, allons où la Foi nous réclame,

Marche... je te suivrai dans le choc des combats...

Les accents de ta voix ont entraîné mon âme

A voler sur tes pas !

L'aigle développant ses magnifiques ailes,

Dit à l'aiglon : enfant, suis-moi jusques aux cieux !

Lamartine, permets qu'aux voûtes éternelles
J'accompagne de loin ton essor radieux !...

XIII

HYMNE.

L'heure a sonné pour l'immortelle France,
Lève-toi donc, Catholique-Orateur,
Noble héros, combats pour l'espérance,
Élance-toi de ta grande hauteur !
Aigle de Dieu, plane sur ta patrie,
Réveille-la de l'éclair de tes yeux,
J'entends déjà l'Europe qui s'écrie :
A Lamartine hommage sous les cieux !

La Poésie était vaine et profane,

Et les faux dieux des Grecs et des Romains,

Régnaient encor, quand la Foi diaphane

Dans tes beaux vers apparut aux humains !

Et tu soufflas sur la mythologie,

Qui s'éteignit en nos terrestres lieux !

Combats toujours... La jeunesse s'écrie :

A Lamartine, hommage sous les cieux !

Ton sein brûlant, océan d'éloquence,

S'ouvre sur nous en flots mélodieux,

Dans la tribune où t'admire la France,

Tu fais trembler l'égoïste odieux !

Là, tu défends les droits d'un peuple auguste,

La liberté, la Foi de ses aïeux !

L'Ange redit sur la lyre du Juste :

A Lamartine, hommage sous les cieux !

L'humanité que l'Éternel contemple

Ouvre ses yeux au Soleil de la Foi,

On ne veut plus en tout lieu qu'un seul temple,

Dont Jésus-Christ sera l'unique Roi !

Les Nations s'inclinent en silence

Devant le Verbe avançant radieux !

Montre-le nous, toi que chante la France :

A Lamartine, hommage sous les cieux !

Il est encor quelques vapeurs funèbres

Obscurcissant l'astre resplendissant...

Souffle... et bientôt ces débris des ténèbres

S'effaceront sous ton regard puissant...

Et le Soleil inondera l'espace,

Et le bonheur brillera dans nos yeux...

Nous redirons notre action de grâce :

A Lamartine, hommage sous les cieux !

Lève-toi donc, victorieux athlète,

Toi dont le front doublement couronné,

Des diamants de l'Orateur-Poète

Brille... et sera toujours environné...

Lève-toi donc et combats pour la France,

Ouvre un chemin au Verbe radieux,

Et nous crirons avec reconnaissance :

A Lamartine, un autel sous les cieux!!...

Septembre 1843.

CINQUIÈME ÉCHO.

Cum invocarem.

V

Cum invocarem.

Oui , lorsque j'invoquais le Dieu de ma justice ,
Il détourna de moi l'absinthe du calice !

La tribulation enveloppait mon cœur ,
Vous l'avez dilaté , mis au large , ô Seigneur !

Ayez pitié de moi, Source de la lumière,
Exaucez, exaucez mon ardente prière!

Fils de l'homme, emportés par l'orgueil flétrissant,
Voulez-vous donc avoir le cœur toujours pesant?

Pourquoi chérissez-vous la vanité, les songes?
Pourquoi recherchez-vous les frivoles mensonges?

Fils de l'homme, sachez que le bras du Seigneur
A donné le triomphe au saint selon son cœur!

Quand monteront vers lui mon amour et ma flamme,
Le Seigneur entendra tous les cris de mon âme!

Si la justice parle, enflammez votre cœur;
Mettez-vous en courroux sans blesser le Seigneur...

Dans vos lits, gémissez sur les pensers infâmes
Que vous avez formés dans le fond de vos âmes!

Offrez un Sacrifice embaumé par l'amour :
La Justice parvient au céleste séjour!!!...

Attendez Dieu! Plusieurs ont dit dans leurs alarmes:
« Qui viendra dissiper nos craintes et nos larmes? »

De votre face auguste, où règne la splendeur,
S'est empreinte sur nous la lumière, ô Seigneur!

J'ai senti sur mon front l'éclat de votre face,
Et vous m'avez versé la joie avec la grâce !

Par le fruit des sillons, le vin, les oliviers,
Les hommes enrichis se sont multipliés :

Moi! rayonnant de paix, dans la paix je me couche!
Bienheureux, je m'endors le souris sur la bouche...

C'est que dans l'espérance inébranlablement,
Vous m'élevez toujours, ô Roi du firmament...

Père! Fils! Saint-Esprit, source de la lumière,
Ravissante unité! Gloire à vous, ô Mystère...

Comme aux antiques jours de la création
Et dans l'éternité de bénédiction...

SIXIÈME ÉCHO.

Montagnes transportées.

VI

Montagnes transportées.

A M. le Vicomte de Chateaubriand.

Foi céleste ! foi consolatrice ! tu fais plus que
de transporter les montagnes , tu soulèves les
poids accablants qui pèsent sur le cœur des
hommes !

(GÉNIE DU CHRISTIANISME.)

Lutèce gémissait sous la main détestable

D'une Religion impie, abominable :

L'homme était égorgé sur de sanglants autels...

Teutatès s'enivrait de ces parfums cruels,

7

Et le prêtre druide en ses affreux mystères

Souillait de sang humain les forêts séculaires,

Dont les échos plaintifs répétaient vaguement

Des Gaulois immolés religieusement

Les cris de désespoir ! L'infâme idolâtrie

Enveloppait encor notre belle Patrie,

Quand déjà de la Foi sublime du Sauveur

Luit le flambeau brillant et civilisateur,

Et dans les souterrains les sacrés Néophytes,

Avec Denis leur père et les pieux lévites,

Célébraient en secret les mystères d'amour,

Le Calice montant au céleste séjour !

Tous ces nouveaux chrétiens en répandant des larmes,

Mangeaient l'Agneau de Dieu, vaste océan de charmes,

Puis pour notre salut voulant aussi mourir,

Les lis ont rayonné sur leur beau front martyr !

Et Lutèce est chrétienne... et d'odieux mystères

Qui rougissaient souvent des autels sanguinaires,

Se sont évanouis aux regards de la Foi ,

Comme une épaisse brume aux rayons du grand roi

Qui, pour verser les jours, s'élance de sa couche ,

Comme un époux royal le souris sur sa bouche !

Qui pourrait dérouler aux yeux de mon pays

Les bienfaits de la Foi ? Gloire à toi, Saint-Denis,

A toi, par qui la France a passé des ténèbres

De l'abrutissement et des cultes funèbres

Aux rayons enchanteurs de l'immortalité !

Gloire à toi, sur la terre et dans l'éternité !

Sur les débris maudits du dolmen sanguinaire

Les Francs civilisés par la foi salutaire,

Élèvent jusqu'au ciel , en l'honneur de la croix,

L'immense cathédrale , ombre du Roi des rois ,

Où l'inspiration anime chaque pierre,

Où la Foi se reflète ainsi que la lumière

Dans les vastes forêts au dôme harmonieux,

Quand le soleil s'éloigne et va sous d'autres cieux,

En faisant rayonner la verte et large cime

Des chênes s'élevant jusqu'en l'azur sublime,

Et répandant au loin ses feux étincelants

Comme la majesté des autels consolants,

Où brille dans l'amour le Sacrement de flamme

Qui ravit notre corps et divinise l'âme !

O Reine de Paris, Fille de nos Aïeux,

Immortel monument vaste et mystérieux,

Que j'aime à contempler ta tête triomphale ;

Règne, règne toujours, antique cathédrale,

Que le levier du temps ne saurait ébranler,

Que la Terreur n'a pu regarder sans trembler,

Chef-d'œuvre de la Foi sublime et catholique,

Lève, lève ton front, ô merveille gothique;

L'erreur du Paganisme éteinte dans nos cœurs,

Ne ferme plus nos yeux à tes saintes splendeurs!

Ce siècle en contemplant ta forme et ton génie,

Ton aspect grandiose et ta belle harmonie,

Et ta perfection de détails surhumains

Qui nous semblent sculptés par de divines mains,

Ces pierres en festons, ces rosaces mystiques

Qui, pour toi, sont autant d'ornements angéliques,

Ton péristyle enfin et tes superbes tours

Où des siècles vaincus s'est imprimé le cours!

Et ta voûte sonore où s'égare la vue,

Où l'on croit contempler la céleste étendue,

Et ton abside encore! oui, Vierge, les humains

Admirant aujourd'hui tes attraits surhumains,

Et sentant s'éclipser l'erreur qui les égare,

Bien loin de te donner l'affreux nom de barbare,

Bien loin de voir en toi des monstruosités,

S'inclinent confondus par toutes tes beautés!

Oui, ce siècle impuissant dans son Philosophisme,

Dans son ambition et dans son égoïsme,

En remuant la tête et comme foudroyé,

Vaincu dans son orgueil, tout haut s'est écrié :

» Nous ne pourrions jamais refaire Notre-Dame!

» De la Foi catholique il nous faudrait la flamme! »

Quand le soleil est loin, bien loin de nos pays,

Les forêts et les bois, les jardins sont flétris,

Et tout est dépouillé dans la triste nature,

Et le deuil des tombeaux règne avec la froidure!

L'oiseau ne chante plus! les arbres sans beauté

Ont perdu leur mystère et leur virginité,

Mais les rayons d'Avril, à la suave haleine,

Rendent de jour en jour au magnifique chêne

Toute sa majesté! La Foi de nos Aïeux

Reviendra... nous pourrons élever jusqu'aux cieux

Des temples au Seigneur! Mais la voix des Prophètes

Depuis longtemps résonne au-dessus de nos têtes,

Et le vaste univers marche à pas de géant

Dans l'abîme entr'ouvert de l'éternel néant!

Reverrons-nous la France, aux villes, aux campagnes,

Par la Foi transporter encore les montagnes!
Peut-être est-il trop tard! Entendez-vous Jésus :

» Comme l'éclair par qui les voiles sont fendus,

» Élancé d'orient et franchissant le dôme,

» Tel vous apparaîtra soudain le Fils de l'Homme,

» Vous surprenant, hélas! comme les grandes eaux

» Submergeant les mortels dans l'abîme des flots;

» Et la terre parut comme une immense tombe

» Aux regards de Noé, quand la blanche colombe

» Rapporta dans son bec le rameau d'olivier,

» Que l'Arche s'inclina modeste pour prier! »

Cologne, hâte-toi, l'univers te contemple,

De l'immortel Albert, achève le vieux temple,

Des temps passés renaît dans le fond de ton cœur

Et l'inspiration et la sainte ferveur !

Mais Jésus peut venir dans le siècle où nous sommes,

» Il va comme un filet envelopper les hommes! »

Hâte-toi ! dans les cieux « les Aigles du Seigneur

» En planant ont crié : malheur! malheur! malheur ! »

Douzième siècle, viens, treizième siècle encore,

Que votre souvenir embellisse et colore

Notre-Dame! Apparais, Maurice de Sully,

Par ton nom ce beau temple est encore ennobli!

Archevêque inspiré par la Foi catholique,

Je te vois élever le chef-d'œuvre gothique,

Et le peuple chrétien poursuit l'œuvre au Seigneur

Avec l'enthousiasme électrisant son cœur :

Quand Salomon dans sa jeunesse

A Jérusalem éleva

Un temple où brillait la sagesse

Dont l'avait comblé Jéhovah,

Le peuple mu par l'espérance,

Y travaillait avec silence,

» Et dans la maison du Seigneur

» Aucun bruit ne frappait l'oreille, »

Et l'on acheva la merveille

Digne de Dieu par sa splendeur!

Treizième siècle, à toi le divin mysticisme,

Et l'inspiration du saint Catholicisme :

François d'Assise parle... et les chrétiens pieux

Renoncent à la terre et s'élèvent aux cieux!

L'architecture prend un vol grand et sublime,

Et puissants et petits, dans leur ardeur intime,

Unis, veulent doter notre Religion

De temples dignes d'elle! Admirable action :

Ceux qui ne peuvent pas sculpter, tailler la pierre

Comme un feston où joue et passe la lumière,

S'attèlent avec joie aux nombreux charriots

Afin de transporter tous les matériaux !

C'était assurément un spectacle sublime

Que ces peuples entiers à l'âme magnanime

Courant comme un seul homme à ce travail pieux,

Bonheur dont ils privaient tout irréligieux

Qui voulait demeurer dans son impénitence !

La foule recueillie au milieu du silence,

Procédait inspirée à l'accomplissement

De l'église gothique, éternel monument!

Et quand la douce nuit glissait sur la nature,

On voyait des chrétiens, à la lueur si pure

Des cierges virginals, veiller avec ardeur

Près des matériaux du temple du Seigneur !

Cette ferveur gagnait les artistes eux-mêmes,

Inspirés dans leur cœur par les rayons suprêmes

Du flambeau de la Foi ! rayons intérieurs

Reflétés en tous sens dans les vastes splendeurs

De l'église gothique immense et triomphale !

Reflétés dans ton sein, sublime cathédrale :

Quand l'homme vertueux lève son front pieux,

Et que son beau regard à la voûte des cieux

S'élance comme un trait qui va percer le dôme,

L'image du Seigneur se reflète dans l'homme,

On y voit un rayon de l'immortalité,

Le caractère saint de la Divinité !

Et ce mot : « Faisons l'homme à notre ressemblance ! »

S'y lit avec autant d'éclat et d'évidence

Que le nom du Seigneur au fond du firmament

Où d'innombrables cieux roulent incessamment !

Oui, l'artiste animé confondait son génie

Avec tous les chrétiens dans l'église infinie !

La Foi qui rayonnait dans l'ouvrier pieux

Lui faisait reporter ses talents jusqu'aux cieux,

Et l'on voit rarement sur les temples gothiques

Des beaux jours inspirés aux reflets catholiques,

Le nom de l'architecte ou le nom du sculpteur ;

La gloire se perdait dans le sein du Seigneur,

Comme le fleuve aux mers! Cependant, ô miracle!

De la Foi peut-on voir un plus digne spectacle ?

Dans les endroits cachés de nos vieux monuments

La sculpture est toujours pleine de sentiments!

Dans les lieux élevés et les moins accessibles,

Des chefs-d'œuvre se voient! Jours incompréhensibles,

Où l'homme travaillait sous le regard de Dieu,

Et disait : « Dieu voit tout ce qu'on fait en ce lieu! »

Un clocheton placé bien loin de notre vue,

L'ornement qui se perd dans l'immense étendue,

Dans l'ombre du clocher, est travaillé, sculpté,

Avec le même soin, la même pureté,

Et la même franchise et la même sagesse,

Que si nos yeux devaient le contempler sans cesse,

L'admirer, et nos mains pieuses le toucher!

La source de ce bien, il faut l'aller chercher

Aux pieds de Jésus-Christ! ces siècles catholiques

Élevaient au Seigneur les monuments gothiques

Avec un saint amour! Ces beaux jours ne sont plus

Où l'on ne voyait pas de froids individus,

Mais la belle union des vastes confréries,

D'où montaient en faisceaux les croyances chéries,

Où pour la cathédrale, œuvre d'étonnement,

On mettait en commun, ô Foi! non seulement

Et sa vie et ses biens, l'espérance infinie,

Mais encor ses pensers, son âme et son génie!

Non, non! point d'égoïsme en ces siècles pieux...

Notre-Dame est l'enfant de nos nobles Aïeux!

Treizième siècle à toi, siècle grand et sublime,

Siècle d'enthousiasme à la croyance intime...

A toi d'avoir créé ces merveilles de Dieu
Pour honorer le Corps de l'Agneau du saint lieu ,
A toi l'immense honneur et la gloire angélique
De nous avoir dotés de ce temple gothique
Où la Foi des Français éclate et resplendit ,
Et fait honte à ce siècle égoïste et maudit :

Tel le Prince de notre France ,
Le modèle des Écrivains ,
Par son Génie et sa Croyance ,
Et ses beaux Martyrs tout divins ,
Fait rougir cette tourbe impie
De savants à l'âme assoupie
Dans l'ombre de l'impiété ,
Et ces grands, rongés de bassesse,
Qui corrompent notre jeunesse
Au feu de l'incrédulité !

La France est riche en cathédrales :
Ces prodigieux monuments
Lèvent leurs têtes triomphales
Dans les célestes firmaments !

A travers les mille décombres ,
Et d'affreux bouleversements ,
On aperçoit les grandes ombres
De ces merveilleux monuments !

Comme un rocher inébranlable
La basilique lève encor
Son front divin , noble , admirable ,
Défiant les coups de la mort !

Peuple égoïste qui t'égares,

Contemple-la... tombe à genoux !

Nos Pères étaient-ils barbares,

Dis ? et plus ignorants que nous !

La Cathédrale d'espérance,

Avec ses magiques splendeurs,

Couvre au loin de son ombre immense

Tous ses obscurs blasphémateurs !

Jéhovah, que le jour proclame,

Sur l'athée obscur, odieux,

Du soleil fait jaillir la flamme,

En lui disant : « Ouvre les yeux ! »

Elle crie à la jeune France :

» Où sont tes ouvrages divins ?

» Les monuments de ta puissance

» Élevés par tes doctes mains ? »

— Et ce beau siècle de lumière

S'incline tout silencieux !

Il ne travaille plus la pierre...

L'argent, c'est son temple et ses dieux !

Chaque ville a sa basilique

Qui date des siècles nombreux,

Où la Foi grande et catholique

Faisait des hommes merveilleux !

8

Peuples des villes , des campagnes ,
Devenus des Dieux par la Foi ,
Vous transportâtes les montagnes :
Dans la Cathédrale on le voit !...

O Français , mes amis , mes frères ,
Revenez enfin , revenez
A la belle Foi de vos Pères
Dans l'éternité couronnés !

Notre-Dame insultée au milieu de l'orage
Et des jours odieux de l'infâme Terreur,
A vu des bras souillés de meurtre et de carnage
Briser ses nobles rois, souvenir bienfaiteur...

Notre-Dame pleurait, et leur place déserte
Venait lui retracer l'irréparable perte !
Ses antiques joyaux, diadème à son front !
Elle pleurait encor, quand l'émeute naguère
Vint troubler de son cœur l'adorable mystère,
Et glissa dans son sein une main de démon !

Après mil huit cent trente, on accourt dans l'église
Comme aux jours détestés des révolutions,
Et le peuple poussé, séduit, emporte et brise
Un immense trésor de bénédictions :
Chappes, mîtres et crosse, et sacrés reliquaires,
Rien n'échappe à leurs mains barbares, sanguinaires,
Et livres imprimés et livres manuscrits,
Objets de tous les temps, qu'on souille et qu'on déchire...
Je frémis ! Notre-Dame ! ô coupable délire !
Les anges du Seigneur ont entendu tes cris !!!

On venait de briser la Croix de la Victime ;

Ce n'était pas assez, Béranger, malheureux,

Ton esprit subversif les poussait à ce crime...

Tes chansons n'ont produit que des actes affreux...

Ils allaient déchirer la couronne d'épines,

La couronne du Christ !!! O vengeances divines !

Bientôt le choléra vint jeter sur leurs corps

Ses serpents dévorants leur rongeant les entrailles...

Et Quélen n'usa pas alors de représailles...

Pour les rendre à la vie, il traversait les morts !

Enfant de la Terreur, l'émeute abominable

Sur tout se précipite... aveugle elle saisit

L'impérial manteau du Guerrier admirable

Qui sommeille à Paris! Elle déchire aussi

Ce manteau qu'il avait à son sacre sublime...

Tourbe infernale, et quoi! connais-tu bien ton crime?

Tu fais profession de respect et d'honneur,
D'enthousiasme saint pour le Héros immense
Dont la colonne est là dominant notre France?
Et tu vas l'insulter jusqu'aux pieds du Seigneur?

Ah! je conçois tes pleurs, Cathédrale gothique,
Dont les hommes n'ont pu détruire la splendeur!
Dont les siècles vaincus respectent la grandeur!
Vierge de nos Aïeux, merveille catholique,

      Comme aux jours de la République,
On osa violer ton beau sein de pudeur...
Je mêle à tes regrets ma douleur poétique...
Et tu seras toujours la Vierge de mon cœur!

Orléans, Orléans, superbe Basilique,
Toi, tu pleures toujours ton sublime clocher...

De cruels sectateurs de Luther hérétique

Dans ton sein nuitamment allèrent se cacher...

Oh! quelle hypocrisie! ils minent en silence

Les quatre grands piliers de ton clocher immense

Qui dès le lendemain s'écroule avec fracas

En déchirant ton sein! Mais, noble Cathédrale,

Tu lèveras toujours ta tête triomphale,

Et la Réforme tombe en l'éternel trépas!

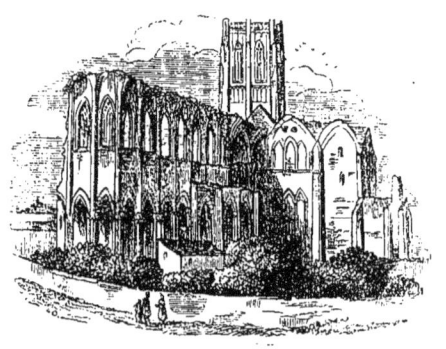

SEPTIÈME ÉCHO.

———

Adieu.

VII

Adieu.

J'ai retrouvé la paix à l'ombre eucharistique
De l'autel de Jésus ! Adieu, monde orageux...
Tu flétrissais mon cœur par ton souris sceptique
Et ton regard affreux !

Tes Écrivains trompeurs égaraient ma jeunesse
Par leur fausse lumière éteinte dans la nuit,
Comme le météore à l'éclat qui nous blesse
Meurt aussitôt qu'il luit...

J'ai trouvé le soleil qui chauffe et vivifie
Et qui donne à mon cœur les ailes de l'amour.
Adieu, prostituée, adieu, Philosophie...
N'attends plus mon retour!...

Je te hais! je te hais, Femme matérielle,
Qui rejettes le Christ avec ses Sacrements!
Ah! je suis jeune encore, et l'Hostie éternelle
Me porte aux firmaments...

Comme l'oiseau soutient son petit dans l'espace,
Qui, du berceau caché sous les fleurs humblement,
Veut plonger dans l'azur que son regard embrasse
Avec tressaillement !

Doctrine empoisonnée, ô siècle de Voltaire,
Je foule sous mes pieds tes écrivains damnés...
A leur souffle athéiste, à leur œil de vipère
Mes jours s'étaient fanés !

J'ai brisé pour toujours tes chaînes odieuses,
Esclavage du cœur, le plus cruel de tous,
Pour chanter de l'Agneau les louanges pieuses :
Oh ! que ce joug est doux !

Mon encens désormais flotte autour du calice
Plein du sang de Jésus offert à l'Éternel !
Les larmes de l'amour, voilà mon seul délice
Au banquet solennel... ;

Et je ne doute plus... Comment douter, mon âme,
Quand toute dilatée, en embrassant Jésus,
Tu sens des bienheureux la bienheureuse flamme?
Non! je ne doute plus!...

Philosophes, fuyez... car mon amour suprême
Ternirait sa candeur dans le feu de vos yeux...
Ah ! laissez-moi mourir aux pieds du Dieu que j'aime,
Pour l'aimer dans les cieux!

HUITIÈME ÉCHO.

Le Repos de l'Amour.

VIII

Le Repos de l'Amour.

———◦———

I

Tout charme et tout remplit mon âme
A travers le prisme d'amour !
Dans mes yeux son regard de femme
Me réjouit comme un beau jour !

Son nom sur ma lèvre amoureuse
Est une mélodie heureuse
Qui retentit jusqu'en mon cœur ;
Sa voix, comme celle d'un ange,
Sa voix d'une douceur étrange,
Me ferait mourir de bonheur !

Jésus ! volupté de mon âme,
J'aime ! ô Jésus ! mais c'est en toi !
Tu sais que cette chaste femme
Te reçoit toujours avec moi !
Elle t'aime comme je t'aime
D'un amour généreux, suprême ;
Nous ne ferons qu'un pour t'aimer !
Et son âme unie à mon âme,
Comme un pur encens qui s'enflamme,
Iront au ciel te parfumer !

Tels dans le jardin des délices

Ève, Adam qui ne faisaient qu'un,

De leurs cœurs, amoureux calices,

Te jetaient le vivant parfum;

Ils s'aimaient d'un amour candide,

Leur âme était aussi limpide

Que l'onde coulant sur leurs pieds,

Ils chantaient la gloire infinie,

Et leur virginale harmonie

Montait au trône où tu t'assieds !

II

Levez-vous, levez-vous, ô matineuse aurore,

Balancez-vous au loin en répandant vos pleurs,

Jetez sur l'horizon, faites flotter encore

Vos guirlandes de fleurs!

9

L'étoile disparaît dans l'azur où se penche

La lune qui nous dit un angélique adieu ,

Et son dernier rayon glissant de branche en branche ,

Va remonter à Dieu !

Des ombres du matin qui voilaient toute chose ,

Les monts et les forêts , les lacs et les vallons ,

Sortent majestueux , et couronnés de rose

Et des premiers rayons !

Viens , la compagne de mon âme ,

Sur le sommet de ce coteau ,

Voir se lever comme une flamme

Le roi du jour , du sein de l'eau.

Comme l'époux sort de sa couche,

Le sourire heureux sur la bouche,

Ainsi se lève le soleil,

Et comme un géant il s'élance,

Et franchit un espace immense

D'un seul bond sur son char vermeil!

Vois-tu la sublime auréole

Dont se couronne son beau front :

De Jéhovah c'est le symbole,

C'est une lettre à son grand nom!

Et dans sa lumière embaumée,

Ne sens-tu pas, ma bien-aimée,

Le sourire de Dieu sur nous?

Ce flambeau qui marche et rayonne,

De son éternité nous donne

Le caractère le plus doux!...

III

Jouissons du repos que le ciel nous envoie !
Au milieu du silence, au bord des clairs ruisseaux,
Viens sous cette aubépine où soupirent de joie
    Dans leur nid les petits oiseaux !

    Cueillons, cueillons, ô ma compagne,
    Les fleurs si belles du printemps,
    Dont se tapisse la campagne,
    Les bois, les buissons et les champs ;
    Cueillons la chaste violette,
    L'amour des enfants, la clochette,
    La primevère au front doré,
    Exhalant sous le vaste dôme
    Un parfum divin qui m'embaume,
    Pareil à ton souffle adoré !

Avec quel immense délice

J'aspire la suave odeur

Sortant de son tendre calice

Comme l'amitié de ton cœur,

Comme ta parole amoureuse

Qui rend mon âme bienheureuse

Dans les vallons de l'univers !

Mais en toi seule, ô ma compagne,

Je savoure de la montagne

Nuit et jour les parfums divers !

IV

On n'entend plus dans la nature

Où s'abat l'ange de la nuit,

Que le vent plaintif qui murmure,

Qu'un chant d'amour dans la verdure,

Que les ruisseaux au léger bruit !

Voilà l'heure, ô ma bien-aimée !

Où le ciel sourit aux époux !

La voûte d'étoiles semée,

Et cette atmosphère embaumée,

Tout dit : le bonheur est pour vous !!

Dans ce majestueux silence,

Seule avec moi sur le coteau,

Rendons grâce à la Providence

Qui toujours dans l'azur immense

Fait rouler cet astre si beau !

Ah ! dans cette nuit printanière,

Dis ! quel calme délicieux !

Ne sens-tu pas sur ta paupière

Du ciel un reflet de lumière

Doux et vague et religieux ?

Ton âme où la paix surabonde,
Ton âme où brille un pur amour,
N'est-elle pas hors de ce monde,
Planant dans la voûte profonde
Plus que l'aigle au milieu du jour!

Aux anges le chrétien ressemble :
Volons, ton cœur près de mon cœur,
Bien-aimée! oh! volons ensemble
Où l'amour divin nous rassemble
Jusqu'au trône du Créateur !

Oui, tendre époux, l'élan sublime
Qui te soulève vers les cieux,
Me soulève! ô bonheur intime!
Franchissons, franchissons l'abîme,
L'abîme où se perdent nos yeux!

Sur les ailes de la prière
Au ciel élevons-nous, montons!
Quelle ravissante lumière
Fait tressaillir notre paupière,
Et quels concerts nous entendons!

A Jésus, l'époux de notre âme,
Envoyons des soupirs d'amour!
Son éternel bienfait m'enflamme!
N'a-t-il pas relevé la femme
Tombée au terrestre séjour!

Avant Jésus-Christ qu'était-elle?
La victime du désespoir!
Mais du Christ la main paternelle,
Par l'union sainte! immortelle,
Près de l'homme la fit asseoir!

Doux sacrement du mariage,

A Jésus-Christ nous te devons !

Verbe de Dieu ! sous ce feuillage

Notre amour vous porte l'hommage

De nos deux cœurs ! Nous vous aimons !!!

De ce doux sacrement savourons les délices

Dont nos deux cœurs sont pleins comme ces blancs calices

Que la nuit rempli d'eau,

Et qu'un frisson rapide embrasse et puis balance

Comme les encensoirs que la main de l'enfance

Fait monter pour l'Agneau !

Depuis que sur mon cœur ton tendre cœur palpite,

Que ton regard me suit et jamais ne me quitte,

Que ta main dans ma main,

Dit : non tu n'es plus seul dans les déserts du monde,

Un être t'a donné son amitié profonde,

     Les soupirs de son sein,

La terrestre vallée est un fleuve de charmes

Où mon œil n'est mouillé que par de douces larmes,

     Les larmes de l'amour !

Et souvent je dirais, si notre âme immortelle

N'aspirait à son Dieu, la volupté réelle,

     Restons dans ce séjour !

     Mais tendre moitié de moi-même,

     La terre est toujours un exil,

     Et le cœur chrétien pourrait-il

     Ne pas chercher le bien suprême ?

Ta bouche dit la vérité,
Cher époux! notre âme immortelle,
Du Père étant une parcelle,
Aspire à la Divinité!

Aimons-nous toujours sur la terre,
Mais n'oublions pas ces beaux cieux
Où, dans un vol mystérieux,
Nous rejoindrons Dieu, notre Père!

N'est-il pas la source d'amour,
N'est-il pas la beauté suprême,
N'est-il pas la volupté même
Des saints de l'éternel séjour!

Aimons-nous! et la belle aurore
Du jour de l'immortalité,
Dévoilera la Trinité
A nos cœurs pour aimer encore!

Aimons-nous! Entends-tu, cher ami, dans les bois
Les solennels accents de l'oiseau solitaire?
Du silence des nuits chante-t-il le mystère,
Ou le mois enchanteur qui parfume la terre,
Alors se transformant, pour le grand Roi des rois,
En autel parfumé d'amour et de lumière?
Philomèle, aux échos abandonne ta voix
Que Dieu fit pour chanter le printemps éphémère
Mourant et renaissant dans les bras du mystère!
Qui ne voit dans tes chants la tendresse du Père
Dont ton instinct comprend les lois!

Chante ce demi-jour aussi beau que l'aurore !

Chante le doux zéphir jouant dans les rameaux !

Chante l'astre argenté qui glisse sur les eaux !

Chante l'encens des fleurs exhalé des coteaux !

Chante !... Au milieu des nuits ta voix est plus sonore

Et tes soupirs plus beaux !

Aimons-nous, ô ma bien-aimée !

Quelle délicieuse nuit !

Du zéphir l'haleine embaumée,

Penche l'herbe avec un doux bruit !

A travers le feuillage sombre

Jetant une immensité d'ombre,

Vois-tu l'ange des nuits glisser,

Qui pour épargner ta paupière

Voile sa céleste lumière

S'abaissant pour te caresser !

Salut, compagne de la terre,
Balancez-vous, vague flambeau!
Votre rayon qui nous éclaire,
N'est-il pas un regard d'en haut?
On dit que la Vierge puissante
Dont la tête est resplendissante
De douze étoiles au front d'or,
Qui calme l'orageux abîme,
Qui sur vous met son pied sublime,
Est plus belle que vous encor!

Vois-tu, vois-tu, douce compagne,
Ce demi-jour mystérieux!
Oh! qu'elle est belle la campagne
Quand l'étoile scintille aux cieux!
Loin des torrents glacés du monde,
Quelle félicité profonde!

Calme heureux d'une belle nuit !
Auprès de toi, je sens mon âme
Comme ravie ! ô tendre femme,
Le ciel nous regarde aujourd'hui !

Adieu, douce et belle nature !
Voûte rayonnante des cieux,
Flambeau, dont la lueur si pure
Ne nous fait pas fermer les yeux !
Adieu, sapins de la colline,
Ruisseaux dont la voix argentine
Appelle pour nous le sommeil :
A demain, séjour de délices,
Avant que dans l'eau des calices
Des fleurs, ne brille le soleil !

Allons, viens ô ma bien-aimée !

Penche-toi sur ton tendre ami !

Colles-y ta bouche embaumée,

Ferme ta paupière à demi !

Je conduirai celle que j'aime

Après mon Dieu plus que moi-même,

Comme l'astre conduit nos pas !

Sur mon cœur, en marchant, sommeille...

Ne crains pas ! ton bien-aimé veille !

Il te soutient ! dors ! ne crains pas !

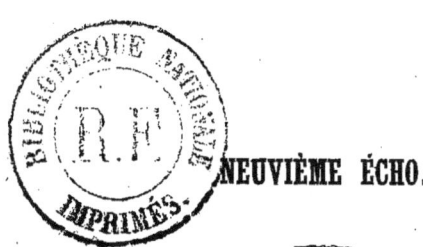

NEUVIÈME ÉCHO.

La petite Souris désobéissante.

1

10

IX

La petite Souris désobéissante.

Un jour, malgré sa mère, une jeune souris,

Toute petite encor, sortit de sa demeure...

Le silence régnait, on dormait au logis :

Les gens, le chien, mais non maître mitis...

Allons, trottons, dit-elle, on est seul, et c'est l'heure.

Ici comme c'est beau ! marchons, marchons encor.

Oh ! la bonne pâture... et maman avait tort

De me dire toujours : obéis à ta mère,

Reste ici, mon petit, le chat nous fait la guerre.

Tu ne le connais pas, il sauterait sur toi !

Il te déchirerait mon pauvre enfant... et moi

J'en mourrais bientôt ! — Bah ! bah ! la nuit est tranquille,

   Et je suis déjà fort agile,

Puis je ne vois pas plus de chat que dans mon trou...

Le drôle n'avait pas jeté les yeux partout !

Non loin de là le chat, couché dans une chaise,

Ouvrait ses yeux cruels brillants comme une braise !

Il voyait la souris, et sautant tout d'un coup,

   Il vous l'attrape par le cou...

Sans lui donner le temps, sous sa dent meurtrière,

De demander sa grâce en criant ti ! ti ! ti !

Il la croque en deux coups avec grand appétit !

L'enfant qui ne suit pas les conseils de sa mère,

S'expose à voir la mort lui ravir la lumière...

La petite souris est bien punie, hélas!

Et sa mère, cherchant la trace de ses pas,

Voit son sang... elle pleure, elle gémit sans cesse:

    O cher objet de ma tendresse!

Dit-elle, tu n'es plus! Mon enfant... mon enfant...

Il était si mignon! Malgré sa pauvre mère,

    Il est sorti, le désobéissant...

Et le chat l'a tué! Que ma vie est amère!

    Sans mon petit, ah! pourrai-je exister?

Mon fils! mon fils n'est plus! seule il me faut rester!

    Ah! malheureuse! ah! pauvre mère!

    S'il avait voulu m'écouter! —

Petites et petits, vos mamans qui vous aiment,

Connaissent les périls où vous pourriez tomber,

Et les conseils sacrés qu'en votre âme elles sèment,

Ne les étouffez point pour ne pas succomber !

Leur amitié pour vous et leur expérience

Découvrent les dangers où votre humble existence

Serait bientôt tranchée ! Écoutez donc leur voix !

Que d'enfants au cercueil, et qui seraient en vie

S'ils n'avaient pas jeté loin d'eux plus d'une fois

Les conseils de leur mère ! Obéissez aux lois

Des auteurs de vos jours, ou tendre fleur ravie

Aux printemps, au beau ciel, votre existence, hélas!

Passera du berceau dans la nuit du trépas...

7 Novembre 1842.

DIXIÈME ÉCHO.

Actions de Grâces

A Madame de Lamartine.

X

Actions de Grâces,

HYMNE

A Madame de Lamartine sur son Catéchisme-Romain.

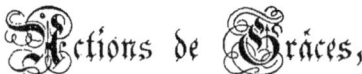

> « Ainsi une bonne œuvre sert à une bonne œuvre,
> » et les misères du peuple sont secourues deux
> » fois dans son âme et dans son corps ! »

Oh ! qu'il est doux pour moi de bénir de mon Maître

Ce que son noble cœur a de plus précieux,

La tendre moitié de son être

Qui comme lui toujours, Ange aux terrestres lieux,

Verse la charité pour le corps et pour l'âme,

Rayon de l'immortelle flamme

Qui n'a pas en entier rejoint les vastes cieux !

Soleil, qui resplendis sur notre antique France,

Que de cœurs généreux embrasa ta chaleur :

Le sexe le plus faible eut une force immense

Pour soulager toute douleur !

Vincent, Père adoré ! source des Héroïnes,

Du haut de demeures divines,

Sois mon luth, mon gé. et mon inspirateur !

Il fut compris surtout au sein de la Noblesse

Que voudrait obscurcir la froide impiété...

C'est là qu'il a trouvé dévoûment et tendresse,

Le miroir de sa charité :

On voyait ces augustes femmes

Suivre les pas du vrai héros,

Pour éclairer des milliers d'âmes

Et pour adoucir tous les maux...

Elles consacraient leurs demeures

Aux indigents ! Toutes leurs heures

S'écoulaient dans la charité...

Et la nuit, leur voix angélique

Versait du trésor catholique

Le baume et la sérénité...

Et l'enfant malheureux qui n'avait plus de mère

Retrouvait un berceau, des bras pour l'embrasser,

Il avait une amie, un Sauveur sur la terre,

    Un sein d'amour pour le presser...

Quand la jeune et tendre colombe

A perdu l'auteur de ses jours,

Sur l'herbe des bois elle tombe,

Et ce fruit de chastes amours

Va mourir bientôt, mais il passe

Une femme qui la ramasse

Et la réchauffe dans son sein,

Et lui donne sa nourriture,

Et l'angélique créature

Grandit sous le baiser divin !

De siècle en siècle, au milieu de la France,

Toujours nombreux, ces lis de l'espérance

Ont répandu leur parfum, leur amour :

Fraîche rosée à l'aurore du jour,

Pour entr'ouvrir le cœur brûlé de larmes,

Pour couronner du diamant des charmes

Le jeune front courbé sous le malheur,

Comme au soleil d'été la pâle fleur...

Ces Chérubins aux flammes catholiques,

Reflets des cieux dorés, évangéliques,

Apparaissant pour faire rayonner

La paix du Christ qui vient environner

Mystiquement, ainsi que l'étincelle

Du doux matin sur la rose nouvelle,

D'une auréole et d'un bonheur pieux

L'infortuné sans parents sous les cieux !

Dans les cités, au milieu des campagnes,

Des malheureux ces augustes compagnes

Ouvrent leur cœur, asile de l'amour,

Pour réchauffer, comme un rayon du jour,

Et l'orphelin et le vieillard débile,

Membres souffrants du Dieu de l'Évangile !

Donnant la main aux Sœurs de charité,

Chefs-d'œuvre purs de la virginité,

Beaux rejetons des premières martyres,

Calmant les maux avec leurs doux sourires,

Porte du ciel de l'homme qui revient

Par de doux pleurs dans le sentier chrétien...

Oui, s'unissant à ces vierges candides,

De notre Foi témoignages splendides,

De notre culte autel sublime et pur

Et lumineux comme le bel azur,

Du bon Jésus elles sont le vrai baume

Tombant, tombant du mystérieux dôme,

Comme jadis, avant l'heure du jour,

La douce manne au terrestre séjour

Tombait d'en haut sous la plus pure image

Pour Israël dans son pélerinage,

Qui, traversant les sables des déserts,

Était conduit par les anges divers,

Le défendant sous leurs brillantes ailes
Contre le fer des peuples infidèles !
Car de sa force et de sa majesté
Le trois fois Saint couvre la vérité :
Sa nation avait la connaissance
D'un seul vrai Dieu ! visible Providence...
Et devant lui la mer se divisa ,
Tout Israël victorieux passa...

Vous êtes l'héritière et digne de ces femmes
Dont le cœur éclairé par de sublimes flammes
Répandait comme un astre , avec la vérité ,
Dévoûment , héroïsme , amour et charité !
Leur nom sera gravé sur les parois du temple,
Que le Père attendri du haut du ciel contemple...
Et quand le tourbillon du dernier Jugement
Emportera la terre avec le firmament ,

Comme un souffle du nord le nuage mobile,

Elles embrasseront du Dieu de l'Évangile

Les pieds triomphateurs : et sur leur front, Jésus

Tressera de sa main les blancs lis des vertus.

Épouse de mon Maître, avec quelles délices

De vos suaves fleurs j'ai senti les calices ;

Malgré la modestie environnant vos pas,

Le parfum des vertus qu'on n'emprisonne pas,

A décélé votre âme : au buisson solitaire

La douce violette, humble enfant de la terre,

A beau cacher son front de larmes argenté,

Son parfum la dévoile, et sa virginité

Orne divinement le sein de l'innocence,

Et reporte ses yeux vers cette Providence,

Cachée à nos regards, visible à notre cœur,

Amour universel, couronné de splendeur,

Qui sème, en souriant, les astres sur nos têtes,

Les lis dans les vallons, dans les bois les clochettes,

Les fruits dans les jardins, là-haut sa majesté,

Ici-bas son sourire et sa tendre bonté !

Tandis que Lamartine, au milieu de la France

Et dans l'Europe entière, avec tant d'éloquence

Enseigne aux nations à bénir l'Éternel

Et fait vibrer toujours son amour solennel,

Comme un gémissement de l'Esprit ineffable,

Qui va percer les cieux comme un aigle admirable,

Et se mêle aux accords des élus bienheureux,

Chantant l'hymne éternel dans le Chœur amoureux :

» Sainte est la Trinité ! saint est le grand Mystère

» Que l'on contemple au ciel et qu'adore la terre. »

Tandis que le Poète admiré des Français

Leur verse la grandeur, l'harmonie et la paix,

11

Et ce baume sacré que distille sa bouche,

Comme le ciel d'azur quand le soleil se couche,

Et l'amour de Jésus et de l'humanité

Qui brille sur son front avec sérénité,

Comme là-haut les feux des soleils dans l'espace

Où va le *Te Deum* des actions de grâce,

Et ces nobles discours, éloquents, inspirés

Où triomphent nos droits glorieux et sacrés !

La Femme du Poète, auguste et catholique,

Jette sur les enfants la grâce évangélique,

Dirige avec amour une institution

Où reluit du Seigneur la bénédiction,

Où les infortunés reçoivent l'espérance

Et du culte romain la douce connaissance,

Où l'on entend ces mots d'amour et triomphants :

« Laissez venir à moi tous ces pauvres enfants ! »

Où des soins bienfaisants soulagent la misère,

Et de l'instruction font germer la lumière...

Épouse vertueuse et digne de l'époux

Qui depuis tant de jours brille au milieu de nous,

Comme la belle étoile au-dessus de l'Étable

Où sur le foin repose un Enfant admirable,

O mère malheureuse et chrétienne, le ciel

Vous rendra le trésor angélique, immortel,

Que dans le temps, hélas! il vous ravit... Courage!...

La colombe d'amour qui laissa le rivage

Pour aller voltiger au trône de l'Agneau,

Sur ses ailes un jour, de la nuit du tombeau

Vous portera sublime au séjour ineffable...

Poursuivez votre course, héroïne admirable,

Vous n'avez plus l'enfant dont le divin souris

Était pour votre cœur plus noble que les lis,

Et plus beau que l'azur! Hé bien! de l'Évangile

Le Dieu mort sur la croix vous en a donné mille...

Ils sont bien vos enfants! et dans l'éternité

Ils béniront encor votre maternité...

Courage donc, moitié de l'illustre Poète...

Aux petits indigents que le monde rejette,

Donnez toujours le pain de l'esprit et du cœur,

Et faites-les entrer dans le sentier vainqueur

Du saint Catholicisme, où le vivant Calice

Enivre le chrétien d'un éternel délice...

Et développe en lui de l'immortalité

Le germe indestructible... ô belle Charité,

Luis toujours, luis toujours, dans le ciel de la France,

Sans toi plus de vertus, plus de foi, d'espérance,

Sans toi tout n'est qu'orgueil, ténèbres, vanité;

Sans toi sur les autels pâlit la Vérité :

A l'adoration l'un excite les hommes

Par des hymnes chantés dans les célestes dômes,

L'autre enseigne aux enfants de l'immuable Foi

Les fondements sur qui l'on adore le Roi...

Foyer d'amour et de génie,

Saint-Point ! Saint-Point mystérieux...

O fleuve d'immense harmonie,

Qui va rejaillir jusqu'aux cieux !

Auguste asile d'éloquence,

De charité, de bienfaisance,

Où deux astres sont triomphants,

L'un pour allumer dans notre âme

Des cieux l'inextinguible flamme,

L'autre pour sauver les enfants !

Répands-toi, rayon de lumière, *

Dans le hameau, dans la cité,

Comme le baiser d'une mère

Qui fait naître la vérité !

C'est la charité qui t'embrase,

Verse ton baume comme un vase

* Le Catéchisme Romain de Madame de Lamartine.

Comme un vase d'élection...

Catéchisme-Romain, en France,

Sois dans le cœur de l'innocence

Comme une bénédiction...

Quand d'Avril la douce lumière

Luit sur les champs, luit sur les prés,

Et que du velours de la terre

S'élancent les boutons dorés,

La marguerite d'innocence,

La primevère, tendre essence

Goutte à goutte tombant des cieux;

L'enfant bondit dans la prairie,

Et dans chaque plante fleurie

Recueille un souvenir pieux!

Hé bien ! ce précieux ouvrage
Fera lever du bon Jésus
Le doux printemps sur le jeune âge
Où naissent d'aimables vertus...
Ce reflet du soleil de Rome
Se multipliŕa sous le dôme,
Comme les diamants des cieux,
Comme les fleurs de la prairie,
Et partout l'enfance chérie
Cueillera ces bouquets pieux !

Et moi, Femme honorée, et moi, dont l'existence
Donne tous ses beaux jours à la modeste enfance,
Et qui jette à l'Agneau mes amoureux accents,
Ainsi qu'un encensoir son catholique encens,
Moi, j'ouvrirai ma classe à votre chère étoile ;
Elle y triomphera sans nuage et sans voile,

Madame Lamartine, oh ! nom que je bénis...

Et que je fais monter aux palais infinis...

Votre livre sacré fera germer dans l'âme

De mes doux nourrissons le blanc lis qui s'enflamme ;

Par votre Catéchisme où la simplicité

Marche divinement avec la Vérité,

Oui, je préparerai la pudique jeunesse,

Que j'entoure de soins et de vive tendresse,

A goûter avec fruit les Méditations

Qui rayonnent sur nous en bénédictions,

A comprendre la voix des saintes Harmonies,

Écho mystérieux des voûtes infinies !

Pour mon cœur quelle joie ! ô femme de celui

Qui dans mon sein toujours comme un doux espoir luit,

Recevez mon hommage , aussi pur que la rose

Où doucement la nuit en diamants dépose

Ces larmes de l'amour que l'on jette à l'autel ,

Quand du Saint-Sacrement le grand jour solennel

Vient dilater nos cœurs ! et que dans cette extase

Où la vivante Hostie éclaire , anime , embrase

La foule des chrétiens heureux et triomphants ,

Nous nous réjouissons d'être les chers enfants

Du grand Catholicisme , éternelle lumière ,

N'abandonnant jamais l'homme dans sa carrière ,

Et le portant vainqueur aux pieds de Jéhovah ,

Où l'âme voit enfin tout ce qu'elle rêva...

Où l'âme embrasse enfin la belle Eucharistie ,

Ce Verbe que l'amour suprême fit Hostie !

Lamartine , présente à ta noble moitié

Cet Hymne catholique , enfant de l'amitié

Que Jésus répandit sur la sainte Famille

De l'Église immuable , où la chasteté brille

Comme une étoile d'or dans le vague des cieux...

L'intention candide embellit à tes yeux

Ces vers que j'ai cueillis, comme l'humble jeunesse

Ramasse dans les prés avec tant d'allégresse

Les bouquets du printemps qu'elle va déposer

Sur le sein de sa mère avec un doux baiser,

Baiser que tu connus doublement, ô grand Homme,

Avant que la Colombe au-delà du bleu dôme

Rejoignît une Mère adorée!... O Jésus,

Vous appelez à vous l'amour et les vertus!

Moi je pleure toujours un père que j'adore!

Et quand l'astre du soir sort de la nue, et dore

La croix où je m'appuie avec tressaillement,

Je viens sur son tombeau religieusement,

Et je tombe à genoux! et mon âme éclairée

Par ce cercueil franchit la coupole azurée,

Et je suis dans les bras de l'auteur de mes jours...

Et je baise sa main... O sublimes amours,

Que depuis vingt printemps je nourris et cultive !

Ma jeunesse s'en va sur l'heure fugitive...

Mon âme, blanche voile, est entraînée au port...

L'existence est une ombre où se cache la mort...

Je vieillis chaque jour, mais, ô vertueux Père,

Toi, tu remplis encor mon âme tout entière...

Ton sacré souvenir est jeune dans mon cœur

Comme un rayon du soir dans son sentier vainqueur !

Et quand sur ton tombeau je prie et je m'incline,

Tu répands sur mon front une clarté divine

Qui pénètre mon cœur, et je sens de mes yeux

S'échapper doucement des pleurs délicieux !

Le lis que la fraîcheur balance

Et que l'étoile du printemps

Caresse au milieu du silence

Que l'oiseau rompt de temps en temps,

Cette fleur ouvrant son calice

Où la rosée en pleurs se glisse

Comme un baume tombant des cieux,

Reprend une force nouvelle,

Et le matin paraît plus belle

Et plus ravissante à nos yeux...

Et, quand je reviens de la tombe

Où dort l'argile paternel,

Je vole comme une colombe

Dans les sentiers de l'Éternel ;

Mon existence est plus légère,

Je sens que mon âme étrangère

A touché l'Habitant des cieux...

La vertu, la plus belle étoile

Qui brille sans ombre et sans voile,
Est encor plus belle à mes yeux!

Vincent, grand Conquérant des âmes immortelles,
Dont le nom resplendit aux voûtes éternelles
Comme des diamants les milliers d'étincelles,
Lorsque la nuit poursuit son cours,
O doux Inspirateur des Femmes-Héroïques,
Toi qui m'as inspiré ces accents catholiques,
Providence ici-bas, sur tes pieds angéliques,
Reçois les fleurs de mes amours!

ONZIÈME ÉCHO.

———

Le Berceau de Marie.

XI

HYMNE A LA VIERGE.

> Le Seigneur l'a choisie pour en faire sa demeure !
> (LE PAROISSIEN.)

Chantons la Reine de la France !

Jetons-lui les lis de nos cœurs !

C'est l'étoile de l'espérance ,

C'est la main qui sèche nos pleurs !

12

Elle dort... oh ! faites silence...
Oh ! ne troublez pas son sommeil...
Un Chérubin du ciel s'élance
Au berceau qui couve un soleil !

Il la regarde : « Qu'elle est belle,
» Dit-il, la Fille du saint Roi...
» O Fleur de la tige éternelle,
» L'ange s'incline devant toi...

» Dors, innocente créature
» Que Dieu contemple avec amour...
» Tu vas étonner la nature,
» O douce aurore du grand jour !

» Sur ton front la grâce divine

» Jette un reflet mystérieux,

» Royale Enfant, aucune épine

» N'a souillé ton sein radieux!

» Ta naissance est miraculeuse

» Et tu ne connais pas le mal...

» Ton pied, ô Femme bienheureuse,

» Brise le serpent infernal !

» Petite Enfant, toute la terre

» Baisera ton nom précieux,

» En te disant : O Vierge-Mère,

» O berceau du Soleil des cieux !

» A côté du Verbe fait Homme,

» S'élèvera ton humble autel :

» Et tu seras sous le bleu dôme

» L'Échelle pour aller au ciel !

» L'orphelin triste et solitaire

» Viendra pour embrasser tes pieds,

» Et retrouvera sur la terre

» De maternelles amitiés!...

» Dors, tendre Enfant, dors.... la Sagesse

» T'environne dans ton berceau,

» Dieu cultivera ta jeunesse,

» Qui germera l'astre nouveau !

» Tel, à la saison printanière,

» Le soleil couve avec amour

» Un lis candide et solitaire

» Qui s'ouvre et blanchit chaque jour ! »

L'Ange qui la regarde encore

Étend ses ailes doucement,

Et comme un rayon de l'aurore

Il a franchi le firmament...

Ses paroles sont accomplies :

La Vierge nous ouvre son sein...

Et nos prières accueillies

Remontent jusqu'au trois fois Saint...

Chantons la Reine de la France ,

Jetons-lui les lis de nos cœurs !

C'est l'étoile de l'espérance

C'est la main qui sèche nos pleurs !

LIVRE QUATRIÈME.

PREMIER ÉCHO.

Les Récompenses.

I

Les Récompenses.

Numina jamdudùm patientia corda coronant.
Le Ciel couronne enfin ta longue patience.
J. BARIL.
(Mélanges littéraires imprimés en 1825.)

Le monde que le Père a jeté dans l'espace

Comme un hymne éternel de jeunesse et de grâce,

Ce globe balancé sur le doigt du Seigneur

Est une vaste arène où combat notre cœur !

Le libre-arbitre est là, solennel et sublime,

Nous montrant le chemin des vertus et du crime,

Comme l'astre qui flotte en l'azur de la nuit,

Quand le calme rêveur vient remplacer le bruit,

Désigne au voyageur, ici le gouffre immense,

Là le sentier qui mène au but de l'espérance!

Sans cette liberté du vrai bien et du mal

L'homme végèterait comme un vil animal...

Libre-arbitre sacré, liberté magnifique,

Faisant de l'homme un Dieu! l'esprit philosophique

Ne t'a jamais compris! Le froid raisonnement

N'a jamais pénétré les champs du firmament...

Liberté, liberté, notre unique noblesse,

Trésor dont nous combla l'éternelle Sagesse,

Oh! triomphe en ce jour de fête, c'est le tien,

Belle étoile, reluis sur notre front chrétien,

C'est le grand jour des prix! Don de Dieu, sur ma lyre

Jette amoureusement ton souffle et ton sourire

Aussi doux que celui dont la force d'amour
Refleurit pour la Vierge, au terrestre séjour,
Les bluets et les lis, chefs-d'œuvre où la paupière
Contemple en tressaillant le Dieu de la lumière...
Toi qui fais la vertu, qui donne à nos combats
Ce mérite immortel, ce prix qu'ils n'auraient pas,
Libre-arbitre, rayon, couronne de notre âme,
Rejaillis dans mon cœur comme un faisceau de flamme !

Messieurs, tous ici-bas combattons jusqu'au jour
Où l'âme indestructible au céleste séjour
Va recueillir le prix de sa sainte victoire :
Nous combattons toujours et c'est là notre gloire !
Aujourd'hui hardiment chantons les doux vainqueurs
Pour qui l'ange a tressé les couronnes de fleurs...

Dans le langage des poètes,

Exaltons les victorieux,

Et faisons briller sur leurs têtes

Les reflets descendus des cieux !

O *Te Deum* des récompenses,

Des victoires, des espérances,

Roule comme un orgue enchanteur...

Ici sont les pures délices,

Ici sont les chastes prémices

De la science et du bonheur !

Quand sur l'horizon que colore

La fraîche rose de l'aurore,

Le soleil promet son retour,

L'aigle étend ses immenses ailes,

Et vers les voûtes éternelles

Il monte en saluant le jour...

Il voit à l'orient s'élever en silence

Sur son char glorieux, pour achever son tour,

Ce roi marchant vainqueur dans l'étendue immense

D'où ses gerbes de flamme au terrestre séjour

Rejaillissent... Et nous qui contemplons l'enfance,

Saluons de son existence

Et l'aurore et le plus beau jour !

L'an dernier je peignis les douces jouissances,

Le charme intérieur, la consolation,

Les bienfaits de l'instruction :

Aurai-je fait germer selon mes espérances

L'amour délicieux des célestes sciences?

Aujourd'hui l'inspiration

M'entraîne à dérouler à votre attention

Le beau tableau des récompenses!

Puisse ce chant d'amour parfumer votre cœur

Comme l'encens qu'on brûle à l'autel du Seigneur !

Il ne parle, Messieurs, que pour l'humble Jeunesse

Que ce jour désiré charme, émeut et caresse !

Je me ferais un crime aux yeux de l'Éternel

Si je ne lui disais, en ce jour solennel,

Tout ce qui peut former , élever sa jeune âme...

Puissé-je des vertus y faire entrer la flamme !

Vous aimez vos enfants... moi je les aime aussi...

Par l'amour le travail du Maître s'adoucit !

Et comment pourrions-nous ne pas aimer l'enfance

A qui nous immolons toute notre existence?

Ils vous doivent le jour ! et nous incessamment,

Dès que l'astre remonte au sein du firmament,

Pour crier aux mortels exilés sur la terre :

« J'obéis à mon Maître ! adorez votre Père ! »

Les entourons de soins , arrosons leur esprit

Et répandons sur eux la Foi de Jésus-Christ ,

Jetons les fondements précieux des sciences
Que viennent embellir les saintes espérances,
Corrigeons leurs défauts avec cette douceur
Et cette fermeté persuadant le cœur !

Voyez le jardinier fidèle
Qui depuis l'aube jusqu'au soir
Cultive l'heureuse immortelle
Et le lis, divin encensoir
Qu'un rayon du soleil enflamme
Comme les pensers de notre âme
Qu'illumine la vérité !
Il arrose ses fleurs sublimes,
Image et symboles intimes
D'angélique virginité !

Hé bien ! l'instituteur auguste ,

Fidèle à cette mission

Qui redresse le jeune arbuste

Avec la tendre affection

D'un ami , je dis plus , d'un père ,

Est un diamant sur la terre !

Il marche après le bon pasteur...

On le voit à l'heure où nous sommes :

C'est le cultivateur des hommes

Lorsqu'ils sont encor dans la fleur !

Enfants de Rochefort , une voix paternelle

Sur ma lyre descend de la voûte éternelle !

C'est la voix de celui qui me donna le jour ,

Et me laissa tout jeune au terrestre séjour !

Que nous dit-il : « Mes fils , imitez votre père...

» Vingt ans il a marché dans l'utile carrière

» Où l'enseignement forme à la Religion,

» Aux vertus, au bonheur, à cette instruction

» Développant les cœurs et les intelligences,

» En les initiant aux sublimes sciences

» Sans qui l'homme végète et ne parvient jamais !

» Courage, mes enfants, votre plus doux succès

» C'est d'accomplir toujours votre mission sainte !

» De crier d'une voix forte et d'amour empreinte :

» Laissez venir à moi tous les petits enfants...

» Les bons instituteurs là-haut sont triomphants !

» Que vous importe à vous la molle indifférence,

» La froideur affectée et toute l'inconstance

» Des lieux qui m'ont vu naître ! Oh ! ne murmurez pas...

» Que de ronces jadis on sema sur mes pas !

» Hé bien ! j'aimais toujours les lieux de ma naissance,

» Et le ciel s'est ouvert après mon existence,

» Et les petits enfants couronnés aux splendeurs,

» Sont venus, souriants, essuyer tous mes pleurs !

» Puisqu'à ma mort, hélas! on oublia ma veuve,

» Adoucissez encor ses maux et son épreuve...

» Courage, mes amis, votre père là-haut

» Vous tresse une couronne à côté du Très-Haut!

» Courage, cultivez au sein de votre ville

» La langue de l'Église et jadis de Virgile... »

        » Arrosez toujours

        » Ces lis, mes amours,

        » La belle jeunesse

        » Aux rapides jours!

        » Si le vent la blesse,

        » Portez-lui sans cesse

        » De votre tendresse

        » Le pieux secours!

        » Si l'orphelin pleure,

        » Dans votre demeure

» Qu'il trouve un appui,

» Comme l'hirondelle

» Dont la voix appelle,

» Quand revient la nuit,

» Sa mère fidèle,

» Qu'une arme cruelle,

» Fit tomber des cieux,

» Sous le toit sonore

» Peut trouver encore,

» Jusques à l'aurore,

» Un berceau pieux! »

Nous aimons vos enfants! c'est par l'amour sans doute
Qu'ils nous suivent déjà dans l'immortelle route
          De la science et des vertus!
Aujourd'hui qu'il est doux au gré de notre zèle,
          En cette enceinte solennelle,
De faire triompher les vainqueurs ingénus!

Proclamons... mais je vois voltiger sur nos têtes

Le Messager des Prix et des augustes fêtes...

Cet Ange au front orné de lauriers et de lis,

Vient chanter par ma bouche, à vous comme à vos fils,

    L'hymne sacré des récompenses.

    Encore au berceau des sciences,

La jeunesse reçoit et l'encouragement,

Et l'innocent honneur du doux couronnement!

Messieurs, vous le savez, nous combattons sans cesse :

A peine l'humble enfant aux sources de tendresse

A-t-il bu le lait pur de sa mère, qu'alors

Commencent les combats, les luttes, les efforts!

La gloire et la vertu, ces deux anges sublimes,

Font entendre à son cœur leurs paroles intimes :

» Enfant, nous t'aimons bien... veux-tu suivre nos pas

» Marche, marche avec nous... tu pleures... ne crains p

» Si tu savais... viens donc... tiens, prends ces fleurs si belles...

» Vois-tu comme c'est beau ! » Les vierges immortelles

Qui veillent sur l'enfance, ayant séché ses pleurs,

L'entraînent enchaîné d'une chaîne de fleurs

Sur les bancs de l'école et puis dans le vieux temple

Où l'amour, tout trempé de pleurs, heureux contemple

L'Éternel-Créateur des soleils éternels,

Caché dans le blanc lis rayonnant des autels !

Et l'enfant, entraîné par ces femmes candides,

Va dans les prés fleuris, mouillés de flots limpides,

Sauter, courir, chanter, s'amuser, se glisser

Sur le sein des vallons, et là vient caresser

Son cœur tendre, enfantin, l'auguste solitude :

Cette troisième vierge est mère de l'étude !

Et puis l'enfant revient sous le toit paternel

Recevoir à son front le baiser maternel

Réitéré cent fois quand la croix argentée

Fait briller sur son cœur sa lumière enchantée,

Comme un beau diamant sur le bouton de lis

Qui s'entr'ouvre déjà sous les feux attiédis

Du soleil se levant... ce bouton ravit l'âme,

Humecté de blancheur, de parfum et de flamme,

Symbole de la Vierge, aimable pureté

De l'Ange et du Chrétien la suprême beauté,

Car rien n'est aussi doux, si ce n'est cette étoile

Qui perce avec candeur le sombre azur du voile,

Que la belle innocence, ange au terrestre lieu,

Qui doit selon Jésus voir la face de Dieu !

Messieurs, je vous l'ai dit : L'enfance gracieuse,

Tendre arbrisseau baigné par l'onde harmonieuse,

A déjà les soucis, les luttes des succès !

Déjà les rudiments viennent troubler sa paix...

Et son front calme et pur, innocent et candide,

Sous l'étude trop tôt s'obscurcit et se ride :

Tel le calice blanc de la fleur s'est taché

Au plus léger contact du doigt qui l'a touché...

Aussi plus de jeunesse à l'époque où nous sommes ;

Les enfants affectés simulent de vieux hommes...

Il semble qu'on ait honte, étrange aveuglement!

Du souris si naïf éclos innocemment

Sur les lèvres de rose et les traits pleins de charmes

De ces petits enfants, aussi beaux que les larmes

Des Anges bienheureux qui soupirent d'amour

En contemplant le Dieu de la vie et du jour...

Et l'homme a beau jeter ses regards en arrière,

Il n'y voit rien de doux ! Sa saison printanière

S'est écoulée, hélas! ainsi qu'un tourbillon

Dans le feu de l'étude et la réflexion

Et le bruit dévorant et loin de nos prairies

Où la jeunesse va dans les herbes fleuries

Comme un petit agneau bêlant et bondissant

Près de sa bonne mère! O jeune âge innocent,

Tu ne dures qu'un jour ! Une jeunesse heureuse

Est un beau souvenir ! l'existence orageuse

Aime à s'y rafraîchir... Quand le vieillard sacré,

L'être le plus auguste après l'Être adoré,

Cherche dans le passé son enfance, une larme

Pleine de volupté, de mystère et de charme,

Dans son divin regard scintille en diamant

Comme l'étoile d'or dans le bleu firmament !

Puis vers la Foi du Christ il revient en silence

Retrouvant la jeunesse au sein de l'espérance...

Laissons donc, laissons donc aux candides enfants

La douce liberté qui les rend triomphants...

Formons-les à l'étude avec cette sagesse

Qui n'étiole pas la fleur de la jeunesse...

Laissons-leur, laissons-leur un heureux souvenir

Qui fasse palpiter leur cœur dans l'avenir...

Laissons donc voltiger ces pauvres petits anges ;

Les passions bientôt avec leurs mains étranges

Les courberont assez au terrestre séjour...

Laissons-les se plonger dans l'océan d'amour,

A l'ombre des palmiers une voix les appelle...

C'est l'Ami des enfants ! la Sagesse éternelle...

Le voyez-vous ouvrir ses deux bras triomphants :

« Laissez venir à moi ces bons petits enfants !! »

Tel la Vierge Marie a cultivé le Verbe :

L'enfant Jésus courait dans les fleurs et dans l'herbe,

Reposait son beau front d'où flottaient ses cheveux

En prisme rayonnant sur le sein vertueux

De cette Bienheureuse! Invisible Lumière,

Ils brillaient sous vos feux! Quel fils et quelle mère!

Ineffable spectacle ! et Jésus dans les bois,

Après avoir donné son cœur au Roi des rois,

Allait et revenait... O Vierge immaculée,

Qui reçûtes là-haut la couronne étoilée,

Pleuriez-vous de tendresse en voyant votre Fils
Cueillir et vous donner votre image : des lis?...

L'âme riche des espérances
Combat sans jamais murmurer ,
Car elle attend les récompenses
Que l'amour seul peut désirer!
Et le calice d'amertume
Par cet amour qui le parfume
S'adoucit et se change en miel :
Et la vertu, guerrier sublime ,
Luttant sur le bord de l'abîme
Se soutient en voyant le ciel !

Ce n'est que pour des récompenses
Que la jeunesse chaque jour

Cherche à faire entrer les sciences

Dans son esprit... Et tour à tour

Les longs combats et la victoire,

Et les triomphes et la gloire,

La préparent aux grands succès,

Et puis pour l'honneur de la France,

Elle immole son existence

Ou dans la guerre ou dans la paix !...

La vie est un combat : l'enfance, la jeunesse,

L'âge mûr ! et toi-même, ineffable vieillesse,

Toi dont le front blanchi porte avec majesté

Les traits mystérieux de la Divinité,

Tu t'avances encore au sein de la carrière...

Et jusqu'au froid tombeau la trompette guerrière

Nous anime et nous pousse au milieu des combats...

Et toujours devant nous resplendit la couronne,

Étoile des vainqueurs, que la victoire donne
Au mortel vertueux qui triomphe ici-bas!

Celui qui ralluma l'encens fumant encore,
Dont le nom retentit du couchant à l'aurore,
Et sur la Pyramide est aussi glorieux
Que l'astre s'élançant dans son char radieux,
Enchaînait à ses pas sa grandiose armée
Avec une humble croix, étoile bien-aimée
Inspirant aux soldats cette intrépidité
Qui les a revêtus de l'immortalité!!!
Vous le voyez, Messieurs, toujours les récompenses
Font fleurir les guerriers, les vertus, les sciences...

Que d'hommes étonnants par leur génie heureux,
Leurs œuvres, leurs combats, leurs actes généreux,

Leurs immenses bienfaits et leurs vertus sublimes,

Leur dévoûment, beau fruit des âmes magnanimes,

Qui seraient inconnus sans la conviction

De quelque récompense !!! Et la Religion

Fille de Jéhovah, d'une main solennelle

Entr'ouvre aux combattants la Patrie éternelle...

« Courage!... » Et cette vue enfante des héros

Vainqueurs de l'univers, de l'orage et des flots :

Elle donne à la France un Saint-Louis sublime,

Un Auteur des Martyrs, un Prélat magnanime,

Cheverus, dont Bordeaux garde le souvenir...

Que la Philosophie en vain voudrait ternir :

Piété, charité, douceur, courage, zèle,

Miracle d'énergie ornaient l'âme si belle

De l'Évêque sacré des braves Bordelais...

Cheverus, Ange auguste et d'amour et de paix!

Ce n'est que la pensée intime et salutaire

D'un triomphe futur qui répand sur la terre

Ces femmes dont le front resplendit étoilé

Comme le voile bleu doucement déroulé

Sur les pas de la nuit qui se glisse en silence,

Quand dans l'éloignement chaque soleil s'élance

En jetant un reflet de la Divinité,

Reflet où le cœur lit ce mot : « Éternité... »

La vierge se dévoue aux misères humaines

Jusqu'à ce que la mort vienne briser les chaînes

De l'exil passager! En essuyant les pleurs

De mille infortunés, aux divines splendeurs,

Elle voit le héros des héros de la France,

Vincent, lui préparer un trône d'innocence,

La couronne où la rose est mariée au lis

Et d'où ce nom brillant comme de beaux rubis,

« Vierge élue à jamais! » sublime se détache

Comme l'astre argenté quand le soleil se cache...

Et qu'un vent bienheureux nous souffle la fraîcheur,

Et que l'âme croyant distinguer le Seigneur,

Pour étancher la soif d'amour pur qui la ronge,

S'emporte dans l'azur, monte, glisse et s'y plonge,

En suivant les reflets du passage de Dieu...

Ce n'est qu'avec regret qu'en ce terrestre lieu

Elle descend encor pour souffrir! Car l'espace

Ne s'ouvre qu'aux vainqueurs! il faut que l'âme passe

Par son Gethsémani, pour que mystérieux

Son essor rayonnant la porte dans les cieux!

L'oiseau du Paradis aux gerbes de lumière,

Dont l'éclat enchanteur ravit notre paupière,

Exilé comme nous de l'Éden bienheureux

Doit sans cesse éviter des ennemis nombreux :

A-t-il du froid serpent bravé les dents cruelles,

Sur la cime d'un arbre il ouvre ses quatre ailes,

14

Et s'élance bien haut comme un beau diamant

Qu'un archange invisible emporte au firmament,

Et l'oiseau qui jouait dans les grands cheveux d'Ève

Vainqueur, monte éperdu, monte, et comme un doux rêve

S'évanouit ! Pareils au magnifique oiseau,

Pour monter dans l'azur nous sortons du tombeau,

Après avoir longtemps combattu sur la terre...

Et bu dans le calice une liqueur amère !

Athlètes immortels, pour l'immortalité

Nous luttons au soleil et dans l'obscurité :

L'Aigle de Saint-Point, dont la lyre

Sait si bien pénétrer le cœur,

A puisé son sacré délire

Dans les promesses du Seigneur...

Et les terrestres récompenses,

Et les célestes espérances

Resplendissent sur son beau front !

La gloire et la Foi dans son âme

Ont uni leur sublime flamme

Pour immortaliser son nom !

Il est donc naturel l'amour des récompenses !

Du divin libre-arbitre il est les conséquences,

Et si nous n'avions pas ce glorieux amour,

Brutes, nous ramperions au terrestre séjour !

Engloutis tout entiers dans les plaisirs infâmes

Rétrécissant les cœurs, abrutissant les âmes !

L'homme sans cet amour serait matériel,

Et n'élèverait plus au-delà du grand ciel

Sa pensée infinie, auguste intelligence,

Et qui seule ici-bas connaît la Providence,

Et de qui Lamartine a dit avec splendeur :

« L'homme est l'être qui prie et c'est là sa grandeur ! »

Oh ! qu'une récompense est suave à notre âme !

Et toujours le succès développe la flamme

De l'immortel génie ! et l'encouragement

Le fait monter plus beau jusques au firmament...

Et si l'homme oublié se soutient de lui-même,

C'est qu'il entend au loin dans la cité suprême

Les applaudissements des Anges et de Dieu !

Ce mot qui lui parvient en ce terrestre lieu :

« Courage ! » Et puis la joie intime de son âme,

Qui reluit sur son front comme la douce flamme

Du Poète inspiré : David dont l'univers

De l'aurore au couchant répète les concerts,

Sous le cèdre élevé jetait ses chants sublimes

Que redisait l'écho des forêts, des abîmes:

L'Ange du Chœur céleste ouvrait à ses regards

Ses magnifiques vers chantés de toutes parts !

L'on eût vu le Psalmiste éblouir la paupière

Par les rayons sacrés, la gloire et la lumière

De la face de Dieu s'imprimant sur son front...

Sa harpe frémissait dans l'immense vallon

Où roulait cette voix retentissante encore :

Dieu des dieux, ô Seigneur, vous appelez l'aurore,

Vous parlez... et la terre et le ciel repliés

Sont comme une colombe enchaînés à vos pieds !

Princes et magistrats, vous le voyez sans doute,

L'homme est comme l'enfant, il faut l'encourager,

Il faut jeter des fleurs sur sa pénible route...

Oublier ses travaux n'est-ce pas outrager

La Gloire et la Vertu, ces deux anges célestes

      Qui résument l'humanité !

      Fruits de la médiocrité,

    Dangereuses, tristes, funestes

Froideur et jalousie, égoïsme affecté,
Éloignez-vous toujours de ma chère cité !

Bégon, viens ennoblir cette touchante fête,
Père de Rochefort, la harpe du poète
Doit répandre ta'gloire au sein de mon pays...
Tes débris immortels saintement recueillis
Ont trompé la fureur des tigres... Dans le temple
Tu reposes encore, et le regard contemple,
Ton modeste trophée ! Auguste bienfaiteur,
Dors le sommeil de paix à l'ombre du Seigneur...
Ne crains plus désormais que le froid athéisme
Souille ton corps béni par le Catholicisme...
Dors... Le chef * généreux de ma belle cité,
Au bord de ton cercueil a dignement chanté
Tes bienfaits ! Sainte Fleur de notre antique France,
Rochefort s'embellit à ta douce présence :

* M. Bonnet de Lescure, Maire de Rochefort

Tu regardes la ville... et ses maisons en bois
En monuments de pierre, à ta puissante voix,
Se changent! O Bégon, ta douceur paternelle
Souriait aux enfants de la ville nouvelle...
Le malheureux, le front courbé sous la douleur,
Trouvait encor la joie, appuyé sur ton cœur :

Dans l'été la fleur éphémère
Languit sur l'herbe du gazon,
Mais à la branche salutaire
S'attache-t-elle, la lumière
Et le doux souffle du vallon
La font croître, et son beau calice
Où la rosée en pleurs se glisse,
S'ouvre encor virginalement...
Et la fleur toujours soutenue,
Blanche, s'élève et continue
A flotter gracieusement!

Père de nos aïeux, ils suivaient ton exemple...

Comblés de tes bienfaits, sur le pavé du temple

Ils allaient bénir Dieu... Dieu qu'ils voyaient en toi.

Quels prix attendais-tu, Serviteur du grand Roi?

L'amour de Rochefort... l'amour universelle...

Tu voulais être aimé! passion immortelle...

« Je t'aime, Rochefort, Rochefort, aime-moi ! »

Ce siècle indifférent qui ne pense qu'à soi,

N'a pas dit : « Élevons une statue auguste

« Pour immortaliser la mémoire du juste... »

Et cependant voyez, voyez abondamment

L'argent et l'or versés matériellement!

Bégon, que te ferait une pierre sculptée,

Toi dont l'âme vers Dieu pour jamais emportée

Se plonge dans son sein? Quand l'éternel Jésus

A couronné ton front, pour prix de tes vertus,

D'un diadême d'or? Mais la reconnaissance

Devait ce monument à tant de bienfaisance !

Tu voulais être aimé : passion des grands cœurs !

Sublime charité qui sèche tous les pleurs...

Oh! tu voyais, Bégon, dans les hommes des frères;

Ils souffraient, tu souffrais, et toutes les misères

Dans ton auguste sein trouvaient un doux séjour!

Après Dieu, Rochefort avait tout ton amour !

Tu n'as pas de statue! Ah! vois donc dans notre âme

Un temple glorieux où l'amour te proclame!

Les révolutions brisent les monuments!

Qui peut anéantir d'éternels sentiments?

Entendez-vous chanter sur la branche mobile

Des arbres balancés au sein de notre ville

Les gracieux oiseaux? Leur concert amoureux

Perpétue à jamais le souvenir heureux

D'un mortel bienfaisant! Leur céleste génie

Qui répand dans l'azur une douce harmonie,

Proclame un nom vainqueur de l'oubli du tombeau!

Duvivier! Duvivier! Le limpide ruisseau

Où le soleil se joue, en murmurant répète :

Duvivier! Duvivier! O bien aimé poète*,

Ne dois-je pas redire au sein de Rochefort

L'ode que tu chantas jadis sur ton luth d'or...

Quand Duvivier ferma ses yeux à la lumière

Tu bénis ses vertus dans cet Hymne sincère :

» Habile médecin, sage législateur,

» Du peuple, il fut le père et le consolateur;

» A faire des heureux il consacra sa vie,

» Et de mille ornements enrichit sa patrie!

» Il n'est plus. Mais que dis-je! il ne mourra jamais!

» Il compta tous ses jours par autant de bienfaits :

» Ces arbres, ces bassins, cette onde qui serpente,

» Tout répète à la fois que sa gloire est vivante!

* Mon Père.

» Doux ami de la paix et de l'humanité,

» Ton nom sera chéri de la postérité! »

Duvivier, Rochefort est plein de ta présence :

Les berceaux de verdure, où l'oiseau se balance,

Versent à ma cité le calme et la fraîcheur.

Quand le soir vient dorer de ses flots de splendeur

Le sommet des remparts, le peuple s'y promène

Et savoure à longs traits l'harmonieuse haleine

Des brises se jouant au sein des verts ormeaux,

Dont sur nos fronts riants se courbent les rameaux ;

Quand l'astre rayonnant aux profondeurs des nues

Inonde de chaleur nos magnifiques rues,

Tu nous souris encore... et la belle cité

Baigne, baigne ses pieds dans le flot argenté

Qui coule en répandant une douce harmonie !

Et l'air se purifie! O bienfaisant génie...

Oui tout est plein de toi ! Successeur de Bégon,

A son nom glorieux entrelace ton nom...

Qu'ils nous couvrent toujours de leur immense ombrage :

Tels deux chênes ensemble unissant leur feuillage

Jettent sur le hameau leur aimable fraîcheur !

Tout vient y recueillir la paix et le bonheur...

On y voit au milieu de sa chère famille

Le laboureur assis. La fauvette gentille

Y module gaîment l'hymne des ses amours ;

Et la source argentine y promène son cours ;

L'enfant avec le chien s'amuse ; la bergère

Confie innocemment à l'écho solitaire

Sa romance traînée avec cette douceur

Portant la rêverie au fond de notre cœur ;

Et la mère attentive avec sollicitude

Endort son cher petit... sainte béatitude,

L'enfant sourit encore à sa mère, il sourit...

Mais la chanson l'endort, et le petit chéri

Qu'un bel Ange, envoyé des voûtes éternelles,

Couvre invisiblement avec les blanches ailes,

Vaincu par le sommeil, ferme ses yeux... l'agneau

Y vient bêler, bêler... et sur son chalumeau

Le pasteur attendrit les vergers, les bocages,

Et réveille non loin les échos des rivages...

Le gothique clocher, tinte, tinte ; à genoux,

Pour saluer la Vierge, on les voit tomber tous...

Des deux chênes alors les rameaux tressaillissent ;

Comme amoureusement, mille voix y gémissent...

Et le hameau bénit les arbres bienfaisants !...

Bégon et Duvivier, nos cœurs reconnaissants

Perpétueront toujours votre douce mémoire !

Multiplier le bien c'est l'éternelle gloire...

Illustre octogénaire, ah ! puis-je interroger,

Sans troubler ton sommeil, puis-je, sans l'outrager,

Demander à ton âme au sein du divin Père,

Quel était ton mobile et ton but sur la terre ?

Toi, digne médecin, tu voulais obtenir

Le laurier que le temps ne pourra pas ternir !

Le laurier de l'amour... Voilà toute ton âme

Dans ce mot précieux que la cité proclame !

Quand le Géant parut au sein de Rochefort

Comme un nouveau Soleil tout éblouissant d'or,

Soleil qui s'est couché sous les rameaux d'un saule,

Il te dit en frappant sur ton auguste épaule :

« Monsieur, que voulez-vous ? » —Toi, généreusement

Soudain tu répondis selon ton dévouement :

« De l'eau pour Rochefort, pour Rochefort ! » Grand hom

Que du doux nom de Père à jamais on te nomme !

Et que tout magistrat, ou chef de la cité,

Répète ton beau mot d'immense charité...

On peut tout ce qu'on veut quand on a dans son âme

De l'amour généreux l'indestructible flamme...

La haine nous perdit et l'amour nous sauva !

Duvivier, puisses-tu contempler Jéhovah

Comme l'aigle élancé dans les champs de l'espace

Du soleil radieux va contempler la face;

Comme le saint amour qui franchit le tombeau,

Dans le Pain virginal voit l'ineffable Agneau;

Comme le fils sortant d'une terre étrangère

Contemple en les baisant et son père et sa mère;

Comme l'homme rêveur sans éblouir ses yeux

Voit l'étoile fleurir sur le grand front des cieux,

Comme distinctement nous regardons l'aurore,

Livre ouvert où le Dieu que l'homme seul adore,

Écrit avec des lis, des roses, son saint Nom

Brillant dans notre cœur plus que sur l'horizon !

Reposons-nous, Messieurs, ces tableaux sont immenses...

Pour chanter dignement les nobles récompenses,

Il me faudrait la voix de l'Auteur des Martyrs!

Pour verser les torrents dont bouillonne mon âme,

De l'auguste épopée aux vastes chants de flamme,
Le cercle ne pourrait embrasser mes désirs !

Laissez-moi m'emporter sur le char qui m'entraîne...
Pourquoi m'arrêterais-je au milieu de l'arène ?
Heureux celui qui peut arriver à son but !
Jeunes gens, écoutez ! les belles récompenses
Doivent être l'objet sacré des espérances
Illuminant vos cœurs remplis par la vertu ! !

— Où vas-tu, malheureux, seul et n'ayant pour armes
Qu'une Bible, une croix ? — Dissipe tes alarmes,
Je suis des fils d'Adam l'un des plus fortunés !
La Croix n'a-t-elle pas vaincu la fière Rome ?
Je suis heureux... Adieu... le divin Fils de l'Homme
Nous précède... à ses pas nous sommes enchaînés !

— Mais vous cherchez la mort... — Non, je cherche la vie...

— Traverser les déserts ! — Mon âme en est ravie...

— Croyez-vous pénétrer dans l'Empire-Chinois?

— La Charité qui vient des voûtes éternelles,

A l'ouvrier de Dieu donne toujours des ailes !

Je suis le Messager... Dieu parle par ma voix...

Croyez-vous que ce peuple, au milieu des idoles,

De l'austère Évangile écoute les paroles?

Ils vous lapideront... et vous serez martyr...

— Ne suis-je pas disciple et soldat de cet Homme

Dont les adorateurs dans le cirque de Rome

Disaient : « Je suis chrétien ! » et puis savaient mourir!

Mais répandez la Foi dans des pays plus sages...

Vous courez à la mort sur de lointains rivages...

15

— Il faut que l'Évangile éclaire l'univers...
Les Chinois connaîtront le céleste Royaume...
En convertir un seul ! c'est pour mon âme un baume
Qui me réjouira dans les tourments divers !

Lorsque le bon Pasteur au bercail angélique
Conduisait son troupeau... si son regard mystique
Voyait qu'une brebis était absente, hélas !
Il cherchait, il allait, et son âme attendrie
Ramenait, embrassait cette brebis chérie
Qui s'était égarée et courait au trépas...

— Mais quelle récompense en aurez-vous ?—La vie !
La palme du martyre est tout l'or que j'envie...
Faire luire au milieu des peuple abrutis,
Les rayons bienfaisants du soleil catholique

Pour le Missionnaire est un prix angélique :
Par lui tous les faux dieux seront anéantis !...

— Hé bien, Missionnaire, adieu ! noble victime...
J'ignorais que le prêtre était si magnanime !
Adieu, digne héros ! va conquérir les cœurs !
Va planter le drapeau du Christ dans les contrées
Où les idoles sont encore révérées...
Va délivrer la femme et sécher tous ses pleurs...

Dans le chemin du ciel va faire entrer les hommes...
Fais honte à l'égoïsme ! et le siècle où nous sommes
Proclamera lui-même avec étonnement
La générosité du prêtre catholique !
Et puis il défira l'esprit philosophique
De jamais imiter un pareil dévouement !!

—Et le Missionnaire est parti... Quand l'orage

Fait craquer son vaisseau durant le long voyage,

Et qu'il va se briser sur le terrible écueil,

Il s'écrie en pleurant : « Seigneur, laissez-moi vivre...

» L'idolâtre enchaîné veut que je le délivre,

» Et puis je descendrai joyeux dans le cercueil... »

Il met son pied vainqueur sur la terre étrangère...

Son front lance déjà des rayons de lumière

Comme un astre nouveau qui fait pâlir les dieux...

Il s'incline et la baise en l'arrosant de larmes...

Ne crains pas, lui dit-il, voilà mes seules armes :

Une Bible, une croix et le secours des cieux !

Son bâton à la main, héros sublime, il marche

Au milieu des déserts, triomphant comme l'arche

Sur les flots du déluge ! intrépide mortel ,

Il brave la fatigue et la soif le tourmente !

Et parmi les serpents de la forêt mouvante ,

Les tigres, il s'endort gardé par l'Éternel !

Tel , au fond de l'Égypte , alors qu'en chaque ville

S'élançait en vainqueur l'éternel Évangile,

Dormait l'anachorète ! entouré d'un lion

Qui lui léchait les pieds , écoutait ses cantiques ,

Il coulait dans la paix des jours archangéliques

Sous les ailes d'amour de la Religion !

Il dort... L'Ange descend des cieux immesurables ,

En tenant dans sa main un charbon enflammé ,

Qu'il passe doucement sur les lèvres aimables

Du prêtre bien-aimé !

Le Messager lui dit : « Dors, ami de mon Maître,

» Tu te réveilleras comme un céleste agneau,

» Pour vaincre les lions! dors, ô généreux prêtre,

   » Ton réveil sera beau! »

L'Ange aux cheveux pendants jusques à sa ceinture,

Aux ailes de blancs lis, d'or, de pourpre en reflets,

Plus beau que le plus bel objet de la nature

   Par ses suaves traits!

Cet Ange, dont la face est plus majestueuse,

Plus douce que l'étoile aux beaux jours du printemps,

Et qui jette en rayons la lueur bienheureuse,

   Créée avant les temps!

Cet Esprit enchanteur sur le Missionnaire

Pose un baiser d'amour à la terre inconnu,

Le regarde... s'envole, et sous ses pieds la terre

A déjà disparu !

Et le prêtre éveillé dès que la douce aurore

Sur la liane en fleurs, guirlande du désert,

Se joue, ouvre les yeux et prie et chante encore

L'Étoile de la mer !

Il marche... et les oiseaux, par leur brillant ramage,

Au prêtre dévoué paraissent rendre hommage...

La rosée en beaux diamants

Sur le palmier flexible, harmonieux panache,

Glisse, glisse, s'étend et doucement s'arrache

Aux rameaux pour tomber de moments en moments

Sur le front radieux du semeur catholique...

Sa mission sacrée, auguste, apostolique,

A commencé... déjà l'indocile Chinois

Vaincu par la beauté céleste, évangélique,

      Adore l'éternelle Croix :

Tel le premier apôtre, au milieu de la ville,

Qui but le sang fumant du Dieu de l'Évangile,

Convertit à la Foi du Christ le peuple ému :

Le Pêcheur a parlé... sa voix a tant de charmes,

De force, d'éloquence et va si bien au but,

Que le Juif déicide a répandu des larmes...

Ils ont dit : « Nous voilà ! nous vous obéissons...

» Nous sommes criminels ! nous le reconnaissons... »

Et ces Juifs tout changés au discours de Saint-Pierre,

Furent le Lis fécond de l'Église première !!!

Entendez-vous des cris de rage et de fureur...

Les voici... c'est un homme au front plein de douceur...

C'est le Missionnaire... on le traîne au martyre...

Ceux qu'il a convertis le suivent en pleurant...

Lui, leur lance un regard puissant qui semble dire :

» Soyez toujours chrétiens... que j'obtienne en mourant

» Cette grâce de vous ! » De la voûte azurée

Un chœur de Séraphins descend : « Gloire à l'Agneau...

» Du martyr recevons comme un sacré flambeau

» L'âme qui va franchir la demeure éthérée... »

Ils disent... La victime au milieu des tourments

Bénit tous ses bourreaux : « Pardonnez-leur mon Père,

» Car ils sont aveuglés ! » Et le Missionnaire

Triomphe et va plonger dans les bleus firmaments :

Cohortes, légions, séraphins, vertus, anges,

Et chérubins ardents, archanges et phalanges

Et Ministres de flamme entourent le martyr :

Le clairon des combats, l'orgue qui ravit l'âme,

Le cor au sein des nuits, la harpe qui proclame,

Par ses vibrations qui nous font tressaillir,

Les accords des soleils scintillant dans l'espace,

Ce concert enchanteur n'est plus rien, et s'efface

Devant les instruments des habitants des cieux

Accompagnant là-haut l'humble victorieux...

Et le ciel s'est ouvert... Oh ! silence, ma lyre...

La palme est dans sa main... la palme du martyre...

Une couronne d'or reluit sur son beau front

Où de l'Agneau de Dieu resplendit le grand nom...

Il vole dans les bras du divin Fils de l'Homme

Dont le Représentant a son trône dans Rome !

Il voit la Trinité... quels applaudissements

Courent des vastes cieux dans les bleus firmaments..

Chaque astre tressaillit sur ses radieux pôles...

On entend retentir ces sublimes paroles :

« Encore un doux martyr! victoire au saint Agneau!!! »

Silence... un Séraphin a tiré le rideau...

Le poète mourrait, s'il voyait davantage !

Et le corps du martyr est en proie à la rage

De l'idolâtre affreux! Les nouveaux convertis

Du bon prêtre, en secret, recueillent les débris,

Puis sous le vert palmier les déposent... La femme,

L'enfant et le vieillard dont il a sauvé l'âme,

Viennent pour y jeter les roses du désert...

Quand Rome ensanglantait l'odieux Colysée,

Que le sang des Chrétiens allait rougir la mer,

Et que la croix était un objet de risée,

Les chrétiens dérobaient aux Païens en fureur

Les restes des Martyrs, et puis avec ardeur

Ils donnaient en pleurant une humble sépulture

Aux vainqueurs glorieux de l'horrible torture,

Dont le seul crime était ce mot : « Je suis chrétien! »

Et puis ils s'assemblaient loin du culte païen

Au tombeau des Martyrs, et priaient en silence
Afin d'obtenir d'eux la longue patience
Pour souffrir... mais avant, pour ne pas renier,
Les Chrétiens amoureux allaient communier !!!...

Et toi dont la contrée admire le courage,
Oublîrai-je en ce jour de t'offrir mon hommage !
Toi qui, pour enseigner Jésus, voulus partir
Dans ces pays lointains où je te vois martyr...
Corney, qui peut rester insensible à l'histoire
De tes tourments affreux... ta mort, c'est la victoire...
Être martyrisé pour l'amour de Jésus,
Serait-ce là mourir ? De toutes les vertus
Le dévouement du prêtre est la plus admirable !
Cette abnégation serait inconcevable,
Si l'on ne savait pas tout ce que peut l'amour !
Abandonner les lieux où l'on reçut le jour,

Ses parents, ses amis, pour voler au martyre,

Qu'est-ce pour le chanter que notre humaine lyre?..

Il faudrait de l'Archange embrasé, l'instrument

D'ineffable harmonie, et du bleu firmament

Les accords inconnus! O Fils de l'espérance,

Qu'ambitionnais-tu?—La douce récompense

De voir la croix plantée en ces pays brûlants...

Et le catholicisme aux dogmes consolants

Triompher... O Corney, notre plus belle gloire,

Qu'en nos cœurs en tout temps reluise ta mémoire...

De ton sang tu scellas du Nouveau-Testament,

L'auguste témoignage! Et courageusement

Traversant les déserts, tu préparas la voie

A ceux que Jésus-Christ pour le prêcher envoie

Au milieu des périls! Forts par ton souvenir,

Ils s'écriront ensemble: « Il faut vaincre ou mourir! »

Corney, vêtu de blanc, couronné dans l'Empire,

Entends-tu de là-haut les accents de ma lyre?

Comme l'étoile dans les cieux

Jette un calme mystérieux

Au fond de l'âme printanière

Du poète contemplateur,

Comme le rayon de lumière

Avec sa pourpre et sa splendeur,

Fait tressaillir notre paupière

A l'heure où le flambeau descend

Et va sous le vaste océan

Poursuivre sa belle carrière

Pour obéir au Créateur,

Comme la céleste rosée

Larme d'amour et de fraîcheur,

Sur la blanche rose posée,

Lui rend la vie et la beauté,

Toi, qui vécus dans nos contrées,

Du haut des voûtes éthérées,

Jette en nos âmes altérées

Un peu de ta félicité!!!...

Quel est cet homme qui s'avance

Dans le grand désert de Sahra?

Où va-t-il?—Demandez à l'auguste science

Dont le feu divin l'inspira...

» Quoi! (s'est-elle écriée avec sa voix sublime)

» La France que l'Europe étonnée, unanime,

» Proclame hautement la Reine des beaux-arts,

» Ne découvrira pas cette ville africaine!

» René, René, suis-moi! que mon amour t'enchaîne,

» Puise ta force en mes regards... »

Elle dit... et René s'élance...

Comme avec des ailes de feu...

» Adieu, noble pays ! adieu, célèbre France,

    » Te reverrai-je un jour?... Adieu ! »

Seul, il va vers le but de son noble voyage,

Le désert étonné semble lui rendre hommage,

Mais la jalouse mort veut entraver ses pas...

  » Arrête, ô téméraire ! où vas-tu? l'existence

  » S'évanouit en toi ! René, plus d'espérance...

    » Ici tu vas mourir, hélas !!! »

    Et René pleure... et sa grande âme

    Ne regrette que Tembouctou...

La douleur le dévore ! et sa flèche de flamme

    Semble frapper le dernier coup...

Sous l'arbre du désert étendu, ce grand homme

Élève ses regards mourants... vers le bleu dôme...

Le Dieu de la science a pitié du martyr !

Une céleste voix dans son âme héroïque

A crié : « Tembouctou !.. » Quelle force mystique...

    Il se relève... il veut partir...

    Tout semble perdu , le navire

      Va tuer le grand voyageur !

Colomb, sous mille coups, dans un moment expire...

    Mais le ciel protège un grand cœur !

Les mariniers sont là poussés par la furie...

L'équipage en entier cruellement s'écrie :

« Colomb, tu vas mourir, car tu nous a perdus... »

Tout-à-coup l'Amérique a frappé leur paupière...

Et partout l'on entend ce mot tant désiré : « Terre !! »

    Et les lâches sont confondus !!...

    L'invincible René cotoie

    Le Niger !.. Intrépidité,

Tu lui montres le but... le voilà... quelle joie...

      Il pleure de félicité...

Salut! ô Tembouctou, doux rêve de ma vie!

Je t'ai trouvée enfin et mon âme est ravie...

Et j'oublie à l'instant mes cruelles douleurs!

Tembouctou! Tembouctou, mon pays te contemple...

René tombe à genoux! son cœur lui sert de temple!

      Il trouve un encens dans ses pleurs!...

      René, que la science inspire,

      Recueille ton noble trésor,

Avec fidélité, hâte-toi de décrire

      Ce qui te fit braver la mort!

Victorieux Caillié, fais voir à l'Angleterre,

Égoïste contrée, infidèle insulaire,

Que la géographie en toi va triompher!..

Qu'un Français l'a vaincue : un Français sans richesse,

Seul trouva Tembouctou, rêves de sa jeunesse

    Que rien ne pouvait étouffer !

    Caillié vainqueur retourne en France :

    Tembouctou, je te quitte... adieu !

Adieu ! glorieux but de ma persévérance !

    Bénissez mon retour, ô Dieu !

Il dit, il part, il marche, et le sable dévore

Les pieds du voyageur... mais la science encore

L'encourage en criant : « Viens, mon victorieux,

» La France t'a tressé la couronne immortelle,

» Intrépide René, viens, l'Europe t'appelle

    » Pour voir ton trésor précieux ! »

    Comme l'intrépide hirondelle

    De retour sous le ciel français,

Quand le printemps se joue et que sa voix rappelle

L'amour, le bonheur et la paix,

Salue en tressaillant le toit qui la vit naître,

Et les larmes aux yeux cherche encore à connaître

Le nid, noble berceau de ses jours voyageurs...

Ainsi René salue avec amour la France

Et le modeste lieu qu'illustra sa naissance :

Il répand de bienheureux pleurs !

Caillié, c'est l'innocente gloire

Qui parlait au fond de ton cœur !

Découvrir Tembouctou, magnifique victoire,

Couronnait ton front de splendeur !

Arriver à ton but voilà ta récompense...

Le triomphe appartient à la persévérance !

Et ton généreux sein en était tout rempli...

Tu rêvais dès longtemps ton immense voyage...

Sans doute que tu dis : « L'homme peut tout... courage !! »

  Et ton projet fut accompli !

  Le roi ne fut pas insensible

  A ta noble intrépidité...

« Le roi qui sur la terre est comme un dieu visible, »

  Selon la sainte Vérité ,

Récompensa bientôt le voyageur sublime

Qui, des difficultés, a su franchir l'abîme

Sans avoir d'autre appui que sa conviction !

Et les savants aussi noblement applaudirent,

Et les Anglais jaloux, ambitieux, se dirent :

  « Il vainquit notre nation ! »

  Mais quand l'aimable agriculture

  Charmait les heures de tes jours ,

Que tu trouvais ta joie au sein de la nature ,

Dans ton épouse , tes amours ,

Dans tes enfants, un ange envoyé par le Père

Mystérieusement vint clore ta paupière

Jusqu'au terrible jour du dernier jugement :

Celui qui découvrit la ville inaccessible ,

Mourut en bon chrétien , et son âme invisible

Voyagea pour le firmament !

Ainsi tout passe sur la terre :

La beauté , la gloire et l'amour...

Comme le lis des champs! le rayon de lumière ,

Comme le jour après le jour ,

Comme la blanche voile au sein des mers immenses !

Tout vieillit et tout meurt... les saintes espérances

Vont se réaliser dans les palais des cieux !

Tout meurt comme l'éclair qui sillonne la nue ,

Comme l'astre qui file en sa route inconnue ,

Tout s'évanouit à nos yeux !

Tout meurt ! Non ! l'innocente gloire

Est une vaste chaîne d'or

Qui, du tombeau terrestre au séjour de victoire,

Aboutit pour braver la mort...

Celui qui fit du bien avec de grandes choses ,

Voit monter d'ici-bas comme un parfum de roses

L'encens qui de soi-même embaume le cercueil

Où dorment les débris des mortels catholiques ,

Qui, des flots en courroux, des mers philosophiques,

Évitèrent l'horrible écueil !

Est-il mort ce glorieux homme ,

Ce patron de l'humanité ?

Ce Héros éternel de l'éternelle Rome

       Et visible Divinité !

Qui, près d'un demi-siècle au sein de notre France,

Fut au regard de tous l'œil de la Providence !

Comme Dieu, sa grande œuvre a des traits éternels :

Le passé, le présent, l'avenir, elle embrasse

Toute l'humanité ! Que l'univers s'efface,

       Vincent a des jours immortels !

       Sublime, admirable, ineffable,

       Étonnante immortalité !

Quoi de plus grand, Seigneur, que ce Héros aimable,

       L'infini dans la charité !

Puisque Vincent-de-Paule était si bon... ô Père,

Quelle est votre bonté !!! Victime du Calvaire,

Vincent est le garant de la bonté de Dieu !

Ah ! si le Paganisme eût produit un tel Homme,

Il en eût fait le Dieu tutélaire de Rome :

Il en est l'image en tout lieu !

Quoique tu dormes dans la tombe,

Tu protèges tes chers enfants !

Ton amour comme une colombe

Caresse leurs fronts triomphants...

Ton épouse que la patrie ,

Cette bonne mère attendrie ,

Dotera jusqu'au dernier jour ,

Jouit de ta persévérance :

Voilà la belle récompense

Qui te charme au divin séjour !

Mauzé , quelle foule t'inonde ?

Pourquoi ces peuples et ces grands ?

Et quelle allégresse profonde,

Et partout quels transports ardents !

Est-ce donc la fête d'un prince

Qui vient visiter la province ?

Pour qui tant de rayonnement ?

— Je suis le lieu de la naissance

Du voyageur ! Et l'on s'avance

Pour honorer son monument !

Tenez ! aux sons de la musique,

Au bruit de tambours éclatants,

Et de la voix grande, héroïque,

Frappant les airs retentissants,

Ainsi qu'un tonnerre de fête,

Sur le pont où tout œil s'arrête,

Le voile qui du voyageur

Couvrait l'immortelle statue,

Tombe, et la foule tout émue
Applaudit du fond de son cœur!!

Le nuage flotte, et l'aurore
Rougit les portes d'Orient,
Et l'astre du jour vient encore
Nous montrer son front souriant ;
Quand ses rayons qui chassent l'ombre,
Font tomber le grand voile sombre
De la mystérieuse nuit,
Quel applaudissement sublime !
Des oiseaux le chœur unanime
Se mêle à l'universel bruit !

Un immense banquet au triomphe succède,
Une sainte harmonie y fait régner la paix,

La joie est générale, ici tout chagrin cède,

René s'en réjouit aux immortels palais,

Surtout lorsque ses yeux qui pénètrent l'espace,

Y voient les chers objets de son plus vif amour :

Ses fils et son épouse... au moment qu'elle passe

    Les toast vont au divin séjour !

La fête se prolonge et le feu d'artifice

Remplace le soleil : c'est comme un second jour !

Le brillant feu de joie et pétille et se glisse

Et monte vers le ciel comme un bouquet d'amour,

Puis quand le grand azur a déroulé ses voiles,

L'illumination reluit spontanément,

Et semble à nos regards obscurcir les étoiles

    De l'ineffable firmament !

Caillié triomphe donc aux lieux de sa naissance,

Son intrépidité le couronne ici-bas,

Et voyageur chrétien au cœur plein d'espérance,

Il a reçu les lis qui ne se fanent pas...

De quoi lui serviraient ces monuments de pierre,

Si son âme immortelle eût perdu le Seigneur :

La gloire la plus belle est de voir la lumière

   Et la face du Créateur!

Pont-l'Abbé, toi, tu fus son triomphe admirable,

Car c'est là que le prêtre a béni son cercueil,

C'est là, Caillié, c'est là que la Vierge immuable,

Le grand Catholicisme, inébranlable seuil

De la porte du ciel, te couvre de son ombre...

Dors, voyageur martyr, dors jusqu'au dernier jour

Où le sépulcre ouvert cessera d'être sombre

   Devant le doux soleil d'amour !

La terre est froide et sombre, et les vents noirs mugissent,

Les chênes dépouillés aux branches qui gémissent,

  Semblent chanter l'hymne des morts...

Souffle donc, hurle donc, aquilon des tempêtes,

  Un ange rit de tes efforts...

Son beau front couronné de chastes violettes

Rayonne dans l'azur, la terre s'attendrit,

S'entrouvre, se réchauffe et le blanc lis fleurit...

Et quand le Fils de l'Homme apparaîtra sublime,

Le sépulcre entr'ouvert lui rendra sa victime:

La sainte humanité qu'il sauve et qu'il chérit...

Messieurs, si j'écoutais les élans de mon âme,

J'irais comme le jour de l'aurore au couchant!

O Harpe, arrête-toi! mystérieuse flamme,

Assez... l'heure me presse, il faut clore ce chant...

Oh! qu'elles ont d'attraits les nobles récompenses!

Elles savent toucher l'âme des jeunes gens...

Heureux le cœur rempli de saintes espérances,

Il bravera l'orgueil aux regards outrageants !

Il aura dans l'exil son grand jour de victoire,

La sublime vertu nous conduit à la gloire...

Encourageons, Messieurs, encourageons toujours

La génération qui s'élève ! La France

Dans les petits enfants a placé ses amours...

Elle attend d'eux sans doute avec plus d'innocence,

Plus de foi, de vertus, de douceur, d'espérance,

Le noble dévoùment ! Cette fraternité

Qui porta nos Aïeux à l'immortalité...

Inspirons aux enfants l'amour de la science,

N'en séparons jamais l'auguste charité !

Qu'est-ce que les talents, les succès magnifiques,

Les applaudissements, les prix philosophiques,

Sans la bonté du cœur, parfum d'honnêteté,

Qui rend un culte saint à la Divinité !

Pauvres petits enfants, écoutez votre maître !

Marchez dans le sentier qu'il vous a fait connaître...

Au bout de ce chemin vous trouverez le but :

La gloire sans remords, l'éternelle vertu !

La science et la foi, c'est le char ineffable

Qui nous roule au-delà de l'azur admirable !

La science et la foi, c'est l'aile de l'oiseau

Qui, rapide, s'en va contempler le flambeau !

La science et la foi, c'est l'ondoyante voile

Glissant au sein des mers quand une belle étoile

Y trace un doux sentier de calme et de splendeur!

La science et la foi, c'est dans le fond du cœur

Une fête, un triomphe, une vive allégresse

Que le vieillard conserve en sa belle vieillesse !

La science et la foi, c'est la félicité,

Le printemps éternel et l'immortalité!

La science et la foi, c'est la grandeur de l'homme,

Et c'est la majesté du majestueux dôme !

La science et la foi, c'est le ravissement,

C'est la porte du ciel loin du bleu firmament !

La science et la foi sèchent toutes les larmes,

Au milieu des malheurs c'est un fleuve de charmes !

La science et la foi font que l'humanité

Est le vivant portrait de la Divinité,

De ce Verbe éternel qui jeta la lumière,

Des soleils radieux la splendide poussière,

Ainsi que le semeur dans le champ labouré,

Le grain par le soleil de jour en jour doré !

L'invention des prix est précieuse et belle,

Et donne aux jeunes gens une force nouvelle ;

Les classes jusqu'au bout pleines d'aridité,

Demandent tous les ans qu'un grand jour soit fêté :

Comme le voyageur, de distance en distance,

Sous des berceaux de fleurs s'assied, et puis s'élance

Plus courageusement vers le but désiré...

Le jour de la victoire est un moment sacré !

17

La France te regarde, ô portion chérie

Qui dois un jour servir l'éternelle Patrie !

La France te regarde... Aujourd'hui comprends bien

Que ce pays sacré, grandiose et chrétien,

Sur toi seule a fondé ses nobles espérances !

Détruis le souvenir de toutes ses souffrances...

O jeunesse appelée à des destins plus doux,

Qui ne fus pas témoin des effroyables coups

Encor retentissants dans le fond de notre âme,

Comme l'écho lointain du tonnerre de flamme,

Longtemps encore après l'horrible craquement

Roule, roule toujours sous le noir firmament,

Sombre écho que l'écho prolongé des campagnes

Multiplie au milieu des sonores montagnes,

Comme une voix qui crie aux habitants divers :

« Tout tremblants, proclamez le roi de l'univers ! »

O jeunesse appelée à des jours moins sceptiques,

Qui rendrez l'espérance à nos temples gothiques,

Qui, du siècle dernier abjurant les fureurs,

Devez les effacer avec l'eau de vos pleurs,

Jeunesse fortunée, embellissez votre âme !

Proclamez Jéhovah que l'insecte proclame :

Dieu ! que la mer est grande et les astres sont doux...

Cet immense univers vous l'avez fait pour nous !!

Et l'homme, être immortel où brille votre image,

Ne vous offrirait pas l'encens de son hommage !

Son cœur fait pour aimer ne vous aimerait pas...

Il verrait le néant au-delà du trépas !

Ah ! cette ingratitude est un hideux problême

Qu'éclaircira bientôt votre foudre suprême,

Comme un coup de tonnerre au fond d'un ciel obscur

Déchire le chaos et nous montre l'azur !

Qui donc a redonné l'athéisme à la terre ?

— Deux êtres monstrueux : l'Hérésie et Voltaire...

Ils ont appris au monde à douter, et la Foi

S'est enfuie éplorée à l'ombre du grand Roi !

Et les hommes flottants au gré du scepticisme

Se brisent sur l'écueil de l'ignoble athéisme,

Comme dans une nuit orageuse, souvent

Sur lé rocher l'esquif emporté par le vent

Se brise ! étonnez-vous que l'affreux suicide,

Où l'homme de soi-même est le lâche homicide,

Règne victorieux de même qu'un fléau !

Le remords croit trouver le néant du tombeau,

Mais, quand le corps sanglant du suicide y tombe,

Ce mot : « Éternité ! » gronde au sein de la tombe,

Et l'âme épouvantée au pied du tribunal

Attend le châtiment de son crime infernal !

Soudain la foudre éclate... et l'horrible victime

Hurle, précipitée au milieu de l'abîme

Où, ministre vengeur de la Divinité,

Un tonnerre éternel lui crie : « Éternité ! »

Quand l'ange, foudroyé par Saint-Michel-Archange,

Roulait de cieux en cieux dans sa défaite étrange,

Comme un quartier de roche au fond de l'Océan,

Et que ce malheureux implorait le néant,

Le Chœur des bataillons dans une hymne de flamme

Criait : « Dieu seul est Dieu ! Lucifer est infâme !

» Dieu seul est Dieu ! toujours l'éternité ! toujours ! »

Jeunesse, mon pays vous prend pour ses amours !

Honorez donc, amis, honorez cette ville

Par la vertu qui rend notre âme aussi tranquille

Que l'étoile du soir que l'on voit tressaillir

Sur le bleu de l'azur, son trône de saphir !

La vertu, mes enfants, mérite bien qu'on l'aime :

La vertu ! la vertu ! c'est la beauté suprême !!!...

Formez, embellissez, agrandissez, ornez

Votre âme et votre esprit vers la gloire entraînés !

Jeunes gens, Rochefort, cette cité si belle

Attend de ses enfants une gloire immortelle!

Bien que jeune, il est vrai, la ville du grand roi,

Malgré ce triste siècle indifférent et froid,

Non, non! ne dément pas son auguste origine :

Elle a de nobles fils! Et la vertu divine

N'en est pas exilée! oh! puissiez-vous venger

Ce Rochefort si beau que l'on veut outrager!

Montrez que le génie y verse sa lumière,*

Que l'astre des beaux-arts y charme la paupière

Comme un jour de printemps qui flotte sur les bois,

Où le chœur des oiseaux formé de mille voix

Enchante la nature à nos yeux embellie

Par le silence aimé de la mélancolie!

Montrez que l'espérance au sublime regard

Franchissant l'infini sur son rapide char,

Y compte des enfants pleins d'amour et de zèle!

Et vous, qui m'entendez, brillez comme un modèle!

* Monsieur Lesson, de l'Institut, enfant de Rochefort.

Ajoutez des fleurons, des diamants nouveaux

A la riche couronne, astre aux reflets si beaux,

Rayonnant sur le front de notre jeune ville!

Aujourd'hui Rochefort décerne au plus habile

Le laurier verdoyant et le prix gracieux,

Au milieu des accents les plus harmonieux,

Des applaudissements, des magistrats augustes,

Des pasteurs dirigeant les pas sacrés des justes!

Viens, jeune homme vainqueur, recevoir sur ton front

De tes lauriers futurs, et le premier fleuron

Et le premier éclat, sous les yeux d'un bon père

Et d'une mère émus! Couronne printanière,

Puisses-tu refleurir sur le front vertueux

Du jeune homme plus tard! Voilà ce jour heureux

Qui change en vrai bonheur les plus grands sacrifices...

Voyez-vous cette mère où de pures délices

Se montrent par les pleurs qui brillent dans ses yeux?

En effet... et quoi donc de plus doux sous les cieux

Que l'innocent plaisir de poser la couronne
Sur le front de son fils que la foule environne!

Venez, chers enfants...

Et que la couronne

Que l'étude donne

Aux fronts triomphants,

Brille sur vos têtes!

De toutes les fêtes

Le beau jour des prix

Est la plus touchante...

Jeunes gens chéris,

Si la fleur penchante

Sous les beaux rubis

De la douce aurore,

Exhale l'encens

Que le vent sonore

Bientôt évapore

Au milieu des champs,

Vous, belle jeunesse,

Versez-nous sans cesse

Les parfums charmants

Des cœurs innocents,

Et cette allégresse

Commune aux enfants!

Venez, victorieux, dans les bras d'un bon père!

Embrassez mille fois votre héroïque mère

Qui vous donna la vie et veille encor sur vous!

Récompensez ses soins par ce moment si doux!

» Si de mon lait d'amour j'ai nourri ton enfance,

» Et la nuit et le jour sur ta frêle existence

» J'ai jeté ces regards qui bravèrent la mort;

» Si de mes bras, ô fils, je t'environne encor,

» Si je cultive en toi le lis de l'espérance,

» Si j'embaume ton cœur d'amour et d'innocence,

» Je ne m'en repens pas. J'ai couronné ton front,

» En tressaillant je viens d'entendre ton doux nom,

» Et j'oublie en ce jour tous les soins d'une mère...

» O mon trésor ! ô fils ! mon bonheur sur la terre ! »

L'émotion me gagne... et moi je pleure aussi...

Notre fatigue, enfants, aujourd'hui s'adoucit !

Que de travaux pour vous ! peut-on le méconnaître?

L'élève doit baiser les traces d'un bon maître !

Venez... Mais je m'arrête... ô précieux enfants,

Soyez jusqu'à la mort heureux et triomphants !

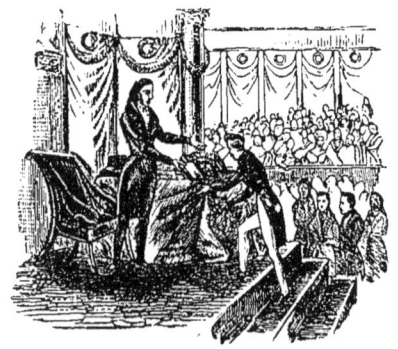

DEUXIÈME ÉCHO.

—

Un Amour brisé.

II

Un Amour brisé.

C'était un ange sur la terre !

Assez ! ne pleurons plus, elle a rejoint les cieux !

La plus belle des fleurs n'est pas moins éphémère,

Et bientôt sa beauté se flétrit à nos yeux !

Lis, roses du vallon, et fleurs dans la verdure,

Souvent vous l'avez vue au retour du matin

Avec son bien-aimé, de son heureux destin

Chanter, louer, bénir le Dieu de la nature !

Vous l'avez vue, hélas ! vous ne la verrez plus !

Vous ne mêlerez plus l'encens de vos calices

Aux parfums aussi doux de ses saintes vertus

Qui, plus que sa beauté, me comblaient de délices !

Et toi, petit ruisseau, dont le bruit argentin

Comme une douce lyre à la corde vibrante

Quelquefois se mêlait à sa voix ravissante

Et formait avec elle un concert tout divin,

Hélas ! petit ruisseau, dans ton onde limpide

Tu n'emporteras plus son image candide

Qu'un zéphyr amoureux berçait comme des fleurs

Dans ton sein où son aile imprimait une ride,

Mais maintenant mes yeux égarés et rêveurs

Vont troubler ton cristal de leurs torrides pleurs !

Philomèle, est-ce toi qui gémis sous l'ombrage?

Tes soupirs sont bien doux à qui ne pleure pas,

A qui d'un objet cher ne voit pas que l'image!

A qui vers un tombeau ne traîne point ses pas!

Quand j'étais avec elle assis dans le feuillage,

Ta voix embellissait notre innocent bonheur;

Dans le calme du soir, elle glissait semblable

Au doux tressaillement du zéphyr enchanteur

Qui fait vibrer le pin comme une lyre aimable

      Ou comme un cri qui vient du cœur!

Mais tes hymnes d'amour que le vent me renvoie,

Dans mon cœur, maintenant, n'excitent plus la joie:

Elle n'est plus ici pour t'entendre chanter!

Je suis seul, Philomèle, hélas! à t'écouter!

Ta lyre aux sons divins pour moi n'a plus de charmes!

Seulement de mes yeux tu fais couler des larmes!

Ici tout la retrace à mon cœur isolé !

Voilà le bosquet solitaire

Où sa bouche aspirait les parfums de la terre

Dans le doux mois des fleurs avec elle envolé !

Je lui disais : ma bien-aimée,

Le soleil est doux, quel beau jour !

Oh ! viens, ne sois plus alarmée,

Pense à notre innocent amour !

Je soutiens ta marche débile,

Sur le gazon tendre et facile,

Tu pourras marcher avec moi :

Penche-toi sur celui qui t'aime,

Et t'offre dans sa joie extrême

Son bras passé derrière toi !

Vois-tu dans le vallon quels tapis de verdure !
Vois-tu le limpide ruisseau
Qui, sur les mille fleurs de la belle nature,
Coule en réfléchissant sa rive dans son eau !

Ton regard a moins de tristesse,
Ces beaux lieux soulagent ton cœur !
Marchons toujours ! oh ! ta jeunesse
Ici retrouve sa fraicheur !
Vois-tu cette colombe blanche
Qui pour boire au ruisseau se penche
Comme un des lis de ce vallon :
Près de sa compagne fidèle,
La journée est rapide et belle,
Belle comme ton tendre nom !

18

Vois-tu ce rossignol sur le buisson de rose,

    Sans doute il chante ses amours!

Ah! l'amour innocent est la plus belle chose!

Notre amour n'est-il pas le charme de nos jours!

    Asseyons-nous sous l'aubépine

    Dont la blancheur a tant d'éclat,

    Et dont l'odeur toute divine

    Remonte aux pieds de Jéhovah!

    Ton front, comme une blanche rose

    Que la nuit de ses pleurs arrose,

    Est un peu mouillé de sueur;

    Mais le ciel dans tes yeux limpides,

    Comme au fond d'un ruisseau sans rides,

    Se réfléchit avec douceur!

Marie ! il m'est bien doux de lire dans ton âme

    Ton espérance et ton amour !

Celui qui du soleil fait rayonner la flamme,

Veut te donner encor les charmes d'un beau jour !

    Réjouis-toi , femme si bonne ,

    Le ciel admire ta douceur !

    Jamais ! jamais il n'abandonne

    Tant de piété ! de candeur !

    Suivant la sainte Providence ,

    Tu tends la main à l'indigence

    Comme un ange de charité !

    Tu bénis ton Dieu sur la terre :

    Espère encor dans ce bon Père

    Qui seul peut rendre la santé !!!...

Hélas! quel souvenir vient inonder mon âme!

Pourquoi me reporter vers un temps qui n'est plus!

Pourquoi donc m'abreuver de regrets superflus!

Pourquoi?... c'est que l'amour est une vive flamme

Toujours alimentée au foyer des vertus!...

J'ai toujours sous les yeux son image adorée!

Je sais que dans le ciel elle voit le Seigneur,

Que d'un bonheur si grand son âme est enivrée!

Mais son cœur loin du mien, quel vide dans mon cœur!

Ne serait-il permis de pleurer ce qu'on aime!

Un tendre épanchement adoucit la douleur!

Remplir son cœur de pleurs est un tourment extrême,

C'est comme le ruisseau dévorant le rocher

Qui résiste à son cours cherchant à s'épancher.

Mon Dieu! vous n'avez pas exaucé ma prière!

Son cœur était trop pur, trop beau pour cette terre!

Ce bel ange à vos pieds est venu s'envoler,

Et c'est le seul espoir qui peut me consoler!

TROISIÈME ÉCHO.

L'Humanité marche toujours.

III

L'Humanité marche toujours,

PARCE QUE LE CATHOLICISME EST IMMUABLE.

A Monsieur de Lamartine.

> Tu es Petrus, et super hanc petram
> ædificabo Ecclesiam meam, et portæ inferi
> non prævalebunt adversus eam ! Et tibi
> dabo claves regni cœlorum !
>
> (EVANGELIUM.)

La harpe de Jésus qui frémit et soupire

    Comme les orgues des forêts,

M'enivre incessamment d'un amoureux délire,

    Et ce délire c'est la paix !

Mes jours laborieux parsemés d'harmonie
　　Aussi rapidement s'en vont
Qu'un rayon du matin dans la voûte infinie,
　　Ou que l'aurore à l'horizon !

Enseigner, méditer, prier, chanter Marie,
　　Lamartine, voilà mes jours...
Et je cueille à l'autel l'espérance chérie,
　　Mes plus ravissantes amours !

Le malheur est moins fort que cette foi suprême
　　Dans le calice de Jésus,
Et le Verbe fait chair qui se donne lui-même,
　　C'est la volupté des élus !

Le malheur peut frapper de ses ailes funèbres
>   Mon front incliné tristement,
Bientôt je vois s'enfuir les épaisses ténèbres
>   Aux rayons du Saint-Sacrement !...

>   O Religion catholique,
>   Qu'ils sont brillants vos étendards !
>   Heureuse l'âme séraphique
>   Attachant sur vous ses regards !
>   O ma Mère, ô Mère adorée,
>   Que jusqu'à vous l'hymne sacrée
>   De mon cœur monte avec l'amour,
>   Mon cœur est l'encens qui s'enflamme,
>   Recevez ce cri de mon âme
>   Et mes pleurs jusqu'au dernier jour !

Berceau du genre humain, océan de lumière,
Où l'âme trouve encor le bonheur ici-bas,
Doigt de Dieu qui conduis le juste en sa carrière,
Catholicisme heureux ! Paradis sur la terre !
Infortuné celui qui ne te chérit pas !

Le juste a toujours dans son âme
Comme un baume consolateur,
Et la charité qui l'enflamme
Lui fait supporter le malheur !
Il sourit au fort de l'orage
Comme un rayon dans un nuage
Que dissipe le roi du jour !
Nourri du corps de la Victime,
Il franchirait un vaste abîme,
Porté sur l'aile de l'amour !

Tel le premier Pape du monde,

Pierre, victime de Néron,

Sur les eaux d'une mer profonde

Marcha comme sur le gazon...

La Foi, de son aile sublime

Soutint l'Apôtre sur l'abîme

Tant que son cœur ne douta pas!

Il y marcha comme l'Archange

Sans laisser dans son vol étrange

L'empreinte de ses légers pas!

Et toi, cher écho de la France,

Toi, dont le cœur révèle un Dieu,

Toi, qui vis mourir l'espérance

Hélas! dans un dernier adieu!

Chantre sacré des Harmonies,

Dans tes angoisses infinies,

N'as-tu pas senti du Seigneur
La main sur ton front catholique,
Le baiser de l'Agneau mystique
Pour adoucir tant de douleur!

Si cette fleur penchait sa tête
En te jetant tout son amour,
Dieu te la montrait, ô Poëte,
Vierge heureuse au divin séjour!
Si cette moitié de ton âme
S'est éteinte comme la flamme
Que tourmente le vent du soir,
Plus belle elle s'est rallumée
Près de ta mère bien-aimée
Où Dieu voulut la faire asseoir!

Jésus, tu le sais bien, éprouva ta belle âme
Au milieu du bonheur, de la gloire et l'amour !
Il ne fut pas trompé ! Sur tes lèvres de flamme
Retentirent ces mots jusqu'au divin séjour :
» Que votre volonté, mon Père, s'accomplisse,
» Frappez ! jusques au fond je boirai le calice
    » De pleurs et de fiel tour-à-tour ! »

    Ainsi ce patriarche auguste
    Dont tu répétas la douleur,
    Frappé (quoique son cœur fût juste),
    S'inclinait devant le Seigneur :
    » Mes fils ne sont plus sur la terre,
    » Ils étaient à vous, ô mon Père,
    » Et vous me les avez ôtés,
    » Que votre volonté soit faite ! »
    Chrétien, ton âme de poète
    Ces grands mots les a répétés !

Salut ! Eglise ravissante ,

Bel astre de l'éternité ,

C'est vous qui répondez à la voix gémissante

De la fragile humanité !

Tout ce qui peut calmer les misères de l'âme ,

Tout ce qui peut sécher l'eau brûlante des pleurs ,

Tout |ce qui peut guérir nos maux et nos douleurs !

Tout est dans votre sein ! l'univers le proclame !

Église catholique , océan de douceurs !

Aux rayons de la croix marche , marche le monde...

L'Évangile accomplit ses oracles d'amour ,

L'univers a reçu la parole féconde ,

Et nous verrons bientôt se lever le grand jour

Où les hommes meilleurs , s'éloignant de l'abîme ,

S'inclineront devant le Pontife sublime ,

Qui des cieux éternels nous ouvre le séjour !

Le soleil reparaît sur la terre obscurcie !

Philosophes d'un jour, la grande Prophétie

Rayonne dans le monde et réchauffe les cœurs!

C'est le Verbe de Dieu qui change et vivifie,

C'est le parfum d'en haut purifiant les mœurs !

Rien ne peut obscurcir cette Étoile immortelle,

Quand les Français fermaient les yeux à sa beauté,

Les autres nations s'inclinaient devant elle

Et réchauffaient leur sein aux feux de sa clarté !

Petits philosophes, dont l'âme

S'aveugle par les passions,

Allez... l'erreur qui vous enflamme

Ne peut rien sur les nations...

Traîtres au saint Catholicisme,

Soufflez votre Philosophisme

Ainsi qu'un orage empesté :

Du trône immuable de Rome,

Il s'élance un feu qui consomme

Les livres de l'impiété !

Lorsque, sur ses tristes ruines

Et celles de Jérusalem,

Afin de démentir les paroles divines

Du saint Enfant de Bethléem,

L'empereur apostat reconstruisait le temple,

(O de la Vérité majestueux exemple !)

Les flammes dévoraient ses fondements nouveaux !

La Juive déicide apportait ses joyaux,

Mais en vain... il fallut abandonner l'ouvrage !

Et rendre à l'Évangile un éternel hommage !

Philosophes, voilà comme le ciel punit
Celui qui porte atteinte à son Verbe infini !!!

Chaque mot de la Bible est un profond Mystère ;
Plus nous la méditons, plus elle nous éclaire,
Et le cœur catholique y voit briller enfin
L'aurore du grand jour qui n'aura pas de fin !

Il est trop haut placé, pourquoi vouloir l'atteindre ?
Nous verrions dans les cieux l'astre du jour s'éteindre,
Plutôt que ce Soleil qu'alluma Jéhovah,
Ce grand Livre éternel qui sera, qui sera
Quand nous ne serons plus ! qu'un incendie immense
Détruira l'univers plongé dans le silence !
Voltaire est obscurci dans l'ombre de la mort,
Et la Bible triomphe et resplendit encor !

19

De l'orgueilleux Luther que la flamme dévore,

La Réforme s'éteint comme le météore

Qui remplit tout d'horreur en passant sous les cieux,

Éblouit quelques jours et s'éteint à nos yeux !

O Bible catholique ! ô ravissante échelle,

Qui fait monter de Rome à la voûte éternelle

Les âmes des élus, de ces peuples divers

Dont le Pape est le chef, centre de l'univers,

Foyer toujours brûlant des vérités divines,

D'où s'élancent toujours les célestes doctrines,

Comme de l'orient pourpré, le roi du jour

Fait resplendir sur nous la lumière et l'amour !

Hé bien ! siècle odieux, père de l'athéisme,

Voltaire a-t-il brisé le saint Catholicisme ?

Voltaire n'est plus rien ! la honte est sur son front,

Ce n'est qu'avec mépris qu'on prononce son nom !

L'impiété ternit pour toujours sa mémoire !

Le mensonge et l'orgueil ont éclipsé sa gloire !

Il s'arma contre Dieu, semblable à Lucifer,
Et l'Archange a plongé ce monstre dans l'enfer!

Immuable Catholicisme,
Vous civilisez l'univers,
Et la splendeur de votre prisme
Touche, émeut les peuples divers!
Votre trône est inébranlable,
Pareil au Sauveur admirable,
Qui s'assied sur l'éternité!
Vous ne changez pas et tout change :
L'homme fragile est un Archange
Lorsqu'à vos pieds il s'est jeté!

Partout où brille la lumière
De votre immense charité,

L'homme grandit, et sa carrière
Aboutit à l'éternité !
Plus d'esclavage ou d'ignorance :
Le soleil des arts, la science,
Amour, innocence et bonheur !
La poésie est un cantique
Roulant sous l'ogive gothique
Avec les orgues du Seigneur !

Enfin relevez-vous, ô moitié de nous-même,
Femmes, qu'un faux prophète en son hideux harem
Déshonore, abrutit ! Il est un anathème
Contre ce crime infâme ! Ah ! la Beauté-Suprême,
         Le cher enfant de Bethléem,
Vous place à notre droite ! O vil Mahométisme,
Tu tomberas un jour comme Jérusalem
Sous l'éternel regard du saint Catholicisme !...

Quand il vint rayonner sous l'azur des Français,

Ce peuple s'élança des ombres des forêts

    Et fut la gloire de la terre !

Son génie inspiré brilla jusques aux cieux

Dans le clocher gothique au front mystérieux,

    Et hardi comme la prière

Qui monte en flots d'amour avec l'encens pieux

Et va baiser les pieds de l'invisible Père

Dont l'immense regard qui sourit à la terre

    Embrasse les terrestres lieux !

    L'hiver glisse avec les ténèbres

    Sur les coteaux désenchantés,

    Les glaçons, les neiges funèbres

    Ensevelissent les cités,

    Mais quand le roi de la lumière

    Entre dans sa belle carrière,

Voilà l'harmonie et les fleurs !
Et tout renaît dans la nature,
L'arbre balance sa verdure
Dans les éternelles splendeurs !

L'Église est immuable et l'humanité marche
Sous l'inspiration du culte des autels,
Et c'est la mystérieuse arche
S'élevant de la terre aux palais éternels !

Dieu ne se trompe pas; il est toujours le même,
Et le Christianisme est son Verbe-Suprême
Dont le Pape romain est le représentant !
Si le culte changeait, l'homme serait flottant !
Les Dogmes éternels civilisent le monde
Parce qu'ils ne changent jamais !

Et la voix de l'Église est puissante et féconde

Pour civiliser l'homme et lui donner la paix!!!...

Une fois que l'Amour eut reposé ses flammes

Sur les apôtres glorieux,

L'Esprit de l'Éternel rayonna dans nos âmes

Et les souleva jusqu'aux cieux!

Le Chrétien est parfait, puisque sous sa poitrine

Repose dans l'amour la Trinité divine

Comme sur un autel pieux!

Civilisation, que pourriez-vous lui faire?

Fille ingrate, orgueilleuse, il est votre vrai Père!

Il est intelligent, il est sage, il est bon,

Il peut tout, il fait tout par la persévérance,

Il rapporte au Seigneur les arts et la science!

Et l'on voit le bonheur rayonner sur son front!

Civilisation, au culte catholique

Vous devrez à jamais toute votre splendeur !

Beaux-arts, architecture, ineffable musique,

Poésie inconnue aux enfants de l'erreur,

Hymnes que dans les cieux les anges du Seigneur

Redisent à l'Agneau sur leur lyre mystique !

Humanité des lois, sincère politique !

La pureté fleurit comme un lis de candeur,

L'enfant abandonné retrouve une autre mère,

Le vieillard un asile et du pain la misère !

La douleur s'adoucit dans la Communion,

Et l'homme triomphant en quittant cette terre

      Chante avec l'amoureux mystère

      L'hymne de bénédiction !...

Tout ce qu'on voit de beau dans l'univers immense,

On le doit à l'Église, on le doit à l'Agneau

Éclairant, réchauffant, consolant l'existence,

Vivifiant le monde aux clartés du Flambeau

Qui de Rome jaillit du couchant à l'aurore !

Église catholique, ah ! triomphez encore...

Il est des cœurs troublés à calmer ici-bas !

Mère aimable, toujours, toujours guidez nos pas !

Dieu, par l'astre du jour, remplit notre paupière

     D'une douce clarté,

Par le prêtre, à notre âme il verse la lumière

     De l'immortalité !

     Tel ce Pasteur incomparable

     Dont le beau nom est immortel ,

     Saint-Vincent-de-Paul l'admirable

     Et l'Apôtre de l'Éternel ,

     Humble enfant du Catholicisme,

     Lumière du Christianisme,

Éclaira ce vaste univers,

Et fut pour notre belle France

Une seconde Providence

Par ses mille bienfaits divers!

Aujourd'hui voyez-vous ses Enfants héroïques

Civiliser encor les fiers Mahométans,

Et semer dans leurs cœurs les germes catholiques

Qui fructifiront au printemps!

Constantinople voit ces angéliques femmes

Que l'amour de Jésus consume de ses flammes,

Constantinople voit et frémit de respect...

Quand passent en tout lieu ces chastes héroïnes,

Ces apparitions divines,

Le fier Mahométan s'incline à leur aspect!

C'est la charité catholique,

C'est le courage évangélique,

Et c'est Vincent-de-Paul qui pouvait adoucir

Les enfants du Mahométisme,

Les victimes du Fatalisme,

Qui va bientôt s'évanouir !

Filles de l'Apôtre de France,

O toutes belles d'innocence,

Courage ! on applaudit aux cieux !...

Soulagez toutes les misères,

Poursuivez l'œuvre avec vos frères,

Vous serez tous victorieux !...

Et plus libre que nous, ô ravissante joie,

Constantinople enfin voit le Saint-Sacrement

Marcher dans son enceinte et des fleurs sur sa voie,

Et les saints étendards majestueusement

A la procession sublime,

Flotter en précédant l'ineffable Victime,

Le Roi plein de douceur !

Et l'encens religieux fume,

Et les roses, les lis exhalent leur odeur

Sur les pas de l'Agneau ! l'espérance parfume

L'angélique cortège ! et l'Esprit du Seigneur

Vole sur la cité... Les cloches réjouissent

Les échos dans l'azur ! Les âmes s'attendrissent,

Et des larmes d'amour tombent de tous les yeux !

Et le Mahométan tressaille, et dans les cieux

Les accents des chrétiens immolés retentissent

Jusque dans ces terrestres lieux !

Oh ! qu'ils sont beaux sur les montagnes

Les pieds sacrés de ceux qui proclament Jésus :

Les cités , les forêts, les vallons, les campagnes,

Tout s'embaume de leurs vertus !

Constantinople , hélas! par l'impie outragée,

Enfin , réjouis-toi, l'Éternel t'a vengée !

Tu redeviens chrétienne... et le sang de ton roi

Efface de l'erreur l'abrutissante Loi !

Encore un peu de temps, et le Pape sublime

T'ouvrira pour toujours ses bras, noble victime...

Et le Saint-Sacrement reposera sur toi !

Oui le Catholicisme est toujours immuable ,

Rien ne peut l'altérer sur son trône adorable !

Civilisation, vous êtes son enfant !

Il vous perfectionne et jamais il ne change...

De la vicissitude étrange

Il reste toujours triomphant !

Pourquoi ?— Vous le savez ! C'est le Verbe suprême !

C'est la perfection, c'est l'Éternité même !

Il change l'univers, mais lui ne change pas !

Ainsi le roi de la lumière

Roule toujours le même en sa vaste carrière,

Les flots de sa clarté changent tout ici-bas !

Mais cet astre toujours éblouit la paupière !

Il est toujours ancien, il est toujours nouveau,

Il rayonne toujours aussi pur, aussi beau

Qu'au jour de sa naissance,

Lorsque Jéhovah dit dans sa toute puissance :

« Que la lumière soit ! » et la lumière fut !...

Si notre grand Aïeul reprenait l'existence,

Adam reconnaîtrait ce soleil qu'il a vu !!!...

C'est toi, majestueux Poète,

Qui chanteras l'Agneau de Dieu,

Ton cœur catholique se jette
Brûlant sur l'autel du saint lieu !

Enfant de notre belle France,
Ton cœur n'a pu douter un jour...
Et tu chantes dans l'espérance :
« Non ! l'amour explique l'amour ! »

O grand Peintre de la nature,
O poète religieux,
Oui cent fois dans une hymne pure
Tu chanteras le Pain des cieux !

Souviens-toi, noble Lamartine,
Des chastes inspirations,

De cette puissance divine,
De tant de bénédictions !

Souviens-toi de ce beau génie
Que Jésus a mis dans ton cœur,
De cet océan d'harmonie
Où tu rayonnes de splendeur,

Comme l'archange dans l'espace
Où roulent d'invisibles cieux,
Rayonne, glisse en rendant grâce
Sur l'instrument mystérieux!

Que sur ta harpe catholique
Triomphe l'Agneau du saint lieu,

Chante encore, âme poétique :

« Tout me répond que c'est un Dieu ! »

Oh ! sois toujours l'appui de la sainte Croyance,

Que la Vierge et l'enfant baisent toujours ton nom,

O Maître bien-aimé, Poète de la France,

Que la foi de ta mère embellisse ton front,

Comme le firmament tout couronné d'étoiles

S'embellit à nos yeux à travers les grands voiles

Que la pieuse nuit déroule vaguement,

Lorsque dans le vallon, Poète, tu t'inclines,

Et mêles tes accents à ces harpes divines

Qui résonnent le soir mystérieusement !

L'Automne agite le bocage,

Et la feuille tombe à mes pieds,

20

Et l'homme au souffle de l'orage
Voit tomber morts sur son passage
Son printemps et ses amitiés !

Lamartine, vois-tu les roses
Joncher les gazons palissants ?
Ainsi les plus suaves choses
Tombent de nos cœurs gémissants !

Les larmes mouillent ta paupière
Devant les débris de l'amour,
Tu la reverras cette mère
Et cette belle enfant, un jour !

Elles suivent la Vierge auguste,
Et jettent des lis à Jésus !

Elles voient la beauté du Juste
Et ses ravissantes vertus!...

Elles vous gardent une place,
Dans les palais de Jéhovah,
Tous deux, consolez-vous; la grâce
Par elles descend de l'espace
Dans votre cœur qui les aima!!!...

Ainsi, chante toujours! L'univers fait silence
Pour entendre ta belle voix;
Laisse, laisse tomber des hymnes d'espérance
A la gloire du Roi des rois!

Je l'attends, ton divin Poème,
Comme le soleil des beaux jours,

Je l'attends cette Hymne suprême
Que je répéterai toujours,

Comme l'oiseau de la prairie,
Dès l'aurore du doux printemps,
Redit toujours l'hymne chérie
Des bois, des forêts et des champs !

Adieu, poète ! adieu, poète !
L'automne gémit dans les bois,
Et je n'entends plus l'alouette
Se mêler à ta belle voix !

Les feuilles pâlissent et tombent
Sur ton front pieux et rêveur,

Adieu ! c'est ainsi que succombent

Les bien-aimés de notre cœur !

Le printemps reviendra planer sur les campagnes

Et les gazons refleuriront ,

L'aimable avril fondra les neiges des montagnes ,

Et tous les oiseaux chanteront :

Dès la douce aurore

Nous verrons encore

Les troupeaux éclore

Au penchant des monts ,

Et de Philomèle

La chanson si belle

Au fond des vallons ,

Dans l'eau qui s'azure

Dont la voix murmure,

Aussi calme et pure

Qu'un orgue pieux,

Sous les flots limpides,

Les poissons rapides,

Brillants et joyeux,

Et les fleurs humides

S'incliner candides

Au baiser des cieux !

QUATRIÈME ÉCHO.

La Poésie Catholique.

IV

La Poésie Catholique

DANS UN TEMPLE DU MOYEN-AGE.

A Monsieur Lesson, de l'Institut. *

Le roi dú jour se couche à l'horizon sublime ,

L'alouette suspend ses virginals concerts,

* Que Monsieur Lesson, mon illustre compatriote, dont les travaux déjà si immenses, remplissent le monde savant, que Monsieur Lesson, qui vient de publier sur les monuments gothiques de la Charente-Inférieure , notre département , deux précieux ouvrages archéologiques , accepte cet humble hommage comme une preuve sincère de l'intérêt qu'excitent partout ses nobles et consciencieux travaux , à la gloire des monuments les plus grandioses et les plus parfaits qu'il ait jamais été donné à l'homme ; inspiré par la vraie Religion , d'élever au vrai Dieu !

Le nocher entre au port en riant de l'abîme,

Le poète entraîné par l'Esprit qui l'anime,

N'a pas de vrai repos en ce vaste univers !

    Il est semblable à l'hirondelle

    Qui va chercher des lieux plus doux,

    Il ne peut reposer son aile

    Qu'au fond de la voûte éternelle

    Où, chrétiens, nous aspirons tous !

Sur sa harpe d'amour qui vibre d'elle-même,

Sous le souffle de Dieu, son inspiration,

Il faut, il faut qu'il chante et qu'il prie et qu'il aime,

Et qu'il lance aux méchants le terrible anathême,

Et serpenter l'éclair de malédiction !

    La Poésie est étrangère

    Quand elle est fille de Jésus,

Échevelée et solitaire,

Elle passe sur cette terre

En la parfumant de vertus !

Elle jette ses chants au gré du vent sonore,

Au gré de l'aquilon et du tendre zéphyr ;

Le chrétien les ramasse au lever de l'aurore

Comme la manne antique ! et puis il les dévore,

Et les reporte à Dieu sur l'aile du désir !

Elle console sur la terre

Les pauvres exilés des cieux,

Boit avec eux la coupe amère,

Et dit à l'homme : « Mon cher frère,

» Là-haut ! là-haut levons les yeux ! »

Elle mène, en versant des larmes amoureuses,

Les chrétiens tout émus au banquet éternel,

Et par la chair d'un Dieu leurs âmes lumineuses

S'envolent par avance aux demeures heureuses

Où l'on chante à jamais le cantique immortel !

Quand le doux reflet de l'aurore

Glisse sur l'ondoyant sillon ,

Bientôt l'alouette sonore

S'envole en gazouillant encore

L'Hymne de bénédiction !

Elle va s'incliner dans les temples gothiques ,

Restes majestueux des chrétiens catholiques !

Elle aime à voltiger la nuit

Au sein des profondeurs de la pieuse ogive

Où l'orgue prolongeait de sa voix fugitive

Le bruit, le mystérieux bruit !

Et dans le clocher solitaire

Se perdant jusque dans les cieux,

Elle s'envole avec mystère,

Et fait vibrer l'airain pieux,

Dans les festons d'architecture

Où la brise des nuits murmure,

Elle glisse... et l'oiseau s'enfuit,

Elle monte, et rendue au faîte,

Sur l'église penchant sa tête,

Elle pleure et trouble la nuit :

» Églises de Jésus, vieux temples romantiques

» Où vibraient des chrétiens les hymnes catholiques

» Qui s'élevaient avec l'encens,

» Où la foi virginale entonnait les louanges,

» Où l'orgue promenait sa voix comme des anges

» Sur les vieux tombeaux tressaillants ! »

» L'Hérésie* et la République

» Ont souillé vos sacrés parvis,

» Hélas! votre clocher gothique

» Pleure sur ses nobles débris!

» Où sont toutes vos colonnades,

» Vos ogives et vos arcades,

» Vos portiques mystérieux,

» Et vos scènes évangéliques,

» Et tous vos modillons gothiques,

» Et tous vos ornements des cieux!

» Avec la sainte foi vous tombez en ruines...

» Le classique païen à vos formes divines

  » Vient marier ses ordres nus,

» Ou, la main du démon conduisant l'égoïsme,

» Fait crouler en entier du saint Catholicisme

  » Le vieux temple, ombre de Jésus! »

* « . . . . Alors des guerres du protestantisme , ce vandalisme moderne qui a plus ravagé de monu-
» ments chrétiens qu'Attila le fléau de Dieu. »
(FASTES HISTORIQUES, ARCHÉOLOGIQUES de la Charente-Inférieure , par M. R.-P. LESSON.)

Elle dit, et descend au fond du sanctuaire ;

Au pied du vieil autel et parmi les tombeaux

      Elle s'incline avec mystère...

Dans les vitraux brisés que protège le lierre,

Le souffle de la nuit comme dans des tuyaux

Passe, et semble chanter les cantiques si beaux

Qui ne résonnent plus à l'autel solitaire,

Depuis que les enfants odieux de Voltaire

Sont venus se glisser ainsi qu'une vipère

Dans la couche des morts pour troubler leur repos !

La Poésie écoute... elle médite et pleure...

Soudain tout retentit dans la sainte demeure !

Des prêtres de Jésus est-ce les chants pieux ?

L'indicible grandeur du *Te Deum* de flamme ?

      Est-ce le vol mystérieux

      Ou les gémissements d'une âme

      Dont le républicain infâme

A brisé le tombeau saint et religieux?

Non! non! c'est un débris de colonne qui tombe

Et qui fait retentir la pierre de la tombe

Où reposaient, hélas! les os de nos aïeux!

La Poésie enfin rompt le pieux silence !

Sur sa harpe d'amour, de joie et d'espérance,

Elle chante... et la nuit écoute ses accents!

Comme des encensoirs les fleurs jettent l'encens

Qui roule et va passer par le vitrail sonore

Que la Vierge nocturne en voltigeant colore

Et par où ses rayons vont argenter l'autel !...

Dans l'église on dirait l'ombre de l'Éternel...

    L'écho du vieux temple gothique

    Répète l'hymne romantique :

» Les siècles sur ton front ont passé tour-à-tour,

» Église, où s'accomplit le Mystère d'amour...

» Cherchant des vastes cieux les invisibles routes,

» L'antique *Alleluia* serpentait dans tes voûtes

» Avec les flots d'encens, l'orgue religieux

» Qui, d'ogive en ogive, allait jusques aux cieux,

» Ogives qui groupaient en faisceaux les prières

» Du prêtre, de l'enfant, des vierges et des mères,

» Et qui les dirigeaient, pyramide au front pur,

» Vers les cieux ravissants de lumière et d'azur!

    » Et vous êtes silencieuse

    » Comme la pierre du tombeau,

    » Et la lueur douce et pieuse

    » De la lampe mystérieuse

    » Est éteinte... et plus de flambeau!

21

» Le Corps sacré de la Victime

» N'est plus offert sur votre autel,

» Et l'Agneau qui franchit l'abîme

» N'a plus de Calice sublime

» Pour l'immoler à l'Éternel !

» Les précieuses draperies

» De l'autel tombent en lambeaux,

» Toutes ses riches broderies

» Au gré du vent flottent ternies

» Comme le linceul des tombeaux :

» Ainsi l'héroïne sublime

» Après son Martyre sacré,

» Vierge pure, auguste victime

» De l'Agneau qu'elle a préféré,

» Dans le terrible Colisée,

» Sur son sein sa tête affaissée,

» Pâlit sous le doigt de la mort...

» Et par la lionne altérée,

» Sa sainte robe est déchirée,

» Mais sa main la retient encor !

» Je ne vois plus briller au fond du tabernacle

» Le Corps mystérieux de l'invisible Agneau,

» Profané, vide, triste, il ne rend plus d'oracle,

» On n'entend que la voix plaintive de l'oiseau !

» Le pâtre n'a plus d'espérance

» En conduisant dans le vallon

» La brebis et son nourrisson,

» L'agneau rayonnant d'innocence !

» Il voit s'écouler son printemps

» Loin du vieux temple de ses pères,

» Et jamais du sein des bruyères

» De son cœur ne monte l'encens !

» Jamais, quand finit la journée,

» Il n'entend le saint *Angelus* ,

» Rappeler Marie et Jésus

» A son âme déjà fanée !

» Comme sur la route une fleur

» Après l'aurore printanière,

» Hélas ! sous l'aride poussière

» Se courbe en perdant sa fraîcheur !

» Et le repos de la nature,

» Et le repos de Jéhovah,

» Tout est violé, tout s'en va

» Au travail ! et le bœuf murmure !

» Plus de fêtes, plus de repos,

» Plus de culte, plus de prières,

» Dans ce beau siècle des lumières

» L'homme est semblable aux animaux !

» Le jeune enfant dit à son père :

» —Quel jour est-ce?—Il ne le sait pas...

» Il travaille jusqu'au trépas,

» Puis va rouler au cimetière !

» Comme un fruit de l'arbre tombé,

» Comme un être qui n'a pas d'âme,

» Comme un souffle, comme une flamme,

» Le villageois a succombé !

» Et l'église tombe en ruine,

» Et la cloche ne sonne plus,

» Et devant le nom de Jésus

» Personne au hameau ne s'incline !

» Les paysans étaient jadis

» Plus heureux, mais la République

» A gâté leur cœur catholique,

» L'impiété les a flétris !

» — Ils sont plus libres ! — L'innocence ,

» Cette sublime liberté ,

» A fui devant l'impiété

» Qui rétrécit leur existence !

» De même que le citadin ,

» L'égoïsme affreux les dévore !

» L'ambition leur crie : — Encore...

» Encor ! — Le reste a leur dédain !

» Avant la République infâme

» Ils avaient le plus doux sommeil !

» Ils bénissaient à leur réveil

» Le Christ qui n'est plus dans leur âme !

» Mais aujourd'hui quel changement !

» En vain la journée est finie,

» Autour de leur front l'insomnie

» Roule avec son bourdonnement !

» Ils se retournent sur leur couche

» Tout inondés de leur sueur !

» Avec sa main qui fait horreur

» Le libertinage les touche !

» Nocturne prostitution !

» Ils sont brûlés d'ignobles flammes,

» Ils rêvent des plaisirs infâmes

» Qu'inspire la corruption !

» L'égoïsme et la jalousie,

» L'inextinguible soif d'argent

» Les enchaîne comme au carcan

» Sur leur couche d'ignominie !

» Enflés d'un criminel orgueil,

» Tout ce qu'ils voient leur fait envie!

» Ils résument ainsi la vie :

» Argent! voluptés et cercueil !

» Les plus affreuses infamies

» Tombent de leur cœur empesté :

» L'infernale impudicité

» Souille leurs lèvres ennemies !

» Philosophes, venez vanter

» Vos jours d'éternelle mémoire !

» Quatre-vingt-neuf et sa victoire,

» Venez donc ici l'exalter !

» Allez au hameau sous l'ombrage,

» Voyez les femmes, les enfants,

» Vous ne serez plus triomphants!

» Vous crirez : — Voilà l'esclavage !

» Il ne faut plus aller chercher

» Le dévoûment et l'innocence

» Chez les bergers ! L'indépendance

» A bien su les leur arracher !

» Le fleuve impétueux qui brise

» Ses barrières, ravage tout !

» Et le mal se répand partout :

» Le paysan n'a plus d'église !

» Nos temples étant profanés

» Dans les jours de la République,

» De l'homme impie et satanique

» Les crimes étaient déchaînés !

» Le serviteur n'est plus fidèle,

» Le meilleur maître est son tyran,

» Il voudrait le suprême rang,

» Et la société chancelle !

» Dévoûment des siècles pieux !

» Le serviteur aimait son maître

» Jusqu'à sacrifier son être

» Pour sauver ses jours précieux !

» Et l'on vit dans la République,

» Pour son maître le serviteur

» Donner sa tête à la Terreur

» Qu'armait l'esprit philosophique !

» Mais aujourd'hui l'impiété

» Rend le serviteur plus que maître !

» Il calomnie... et va paraître

» Ailleurs, fier de l'égalité !

» Et l'hospitalité rustique

» S'est envolée avec la foi...

» Le paysan quand il vous voit

» Vous raille avec un front cynique!

» Et même ses petits enfants,

» Au-dessous de l'agneau qui broute,

» Vous insultent sur votre route

» Et puis se sauvent triomphants!

» La campagne est comme la ville

» Corrompue et sans piété,

» Égoïsme, impudicité,

» Ah! voilà donc notre Évangile!

» Inconstant, méchant, sensuel,

» Voilà le peuple de la terre,

» Sa bouche est comme une vipère

» Dont l'affreux poison est mortel !

» L'homme aujourd'hui déchire l'homme,

» Ainsi que de cruels vautours !

» De rois l'on change tous les jours

» Comme dans l'expirante Rome !

» Le sacerdoce est profané,

» Moqué sur la scène infidèle,

» Et la royauté paternelle

» N'est plus qu'un souvenir fané !

» Le peuple que l'enfer dévore,

» Et perdu par l'égalité,

» Désaltère sa cruauté

» Dans le sang royal qu'il abhorre !

» Les institutions sublimes

» Vont s'ébranler de toutes parts,

» Le mal est dans tous les regards,

» Et l'on a compté les victimes !

» Ah ! quand l'éternelle cité

» Allait rouler dans les abîmes,

» Rome était pleine de ces crimes

» Qui souillent notre humanité !

» Le journalisme nous dévore

» En se glissant comme un dragon ;

» Jusqu'au hameau sa voix sonore

» Va retentir ! il se colore

» De liberté ! Ce n'est qu'un nom... »

L'aube sur l'horizon blanchissait, et l'espace

Voyait s'évanouir les diamants des nuits,

Et du jour renaissant les mystérieux bruits,

S'élevaient par degrés et semblaient rendre grâce,

Lorsque la Poésie inclinée à l'autel,

Se tut et s'envola comme un songe éphémère

En laissant après soi des sillons de lumière

D'un éclat pieux, immortel,

Qui n'éblouit pas la paupière !

 **ÉPILOGUE**

Le Mondain.

Domine, dabis pacem nobis ! omnia enim opera nostra
operatus es in nobis !...
(LE PAROISSIEN.)

Vous nous donnerez la paix, Seigneur ! car toutes nos
œuvres, c'est vous qui nous les avez inspirées !...

Peccator videbit et irascetur ; dentibus suis fremet, et
tabescet ; desiderium peccatorum peribit !
(LA PAROLE DE DIEU.)

L'impie le verra, il s'irritera, il grincera des dents, il
séchera de jalousie ; le désir des impies périra !

I

Mais il doit s'abreuver d'absinthe
Celui dont le cœur est impur,
En qui l'espérance est éteinte,
Et dont l'âme n'a plus d'azur !

Incertain dans l'horrible ivresse
Que verse à flots la volupté,
Il entend la voix vengeresse
Mugir ce mot : « Éternité ! »

L'innocence sous le grand chêne
S'endort... et l'archange des cieux
Dans son chaste cœur qu'il enchaîne
Répand l'amour mystérieux !

L'Homme-Dieu chérissait l'enfance,
Parce que son front embaumé
Rayonne étoilé d'innocence
Comme un chérubin enflammé !

La violette, de l'année
L'aurore et la plus douce fleur,
Brille à peine une matinée
Comme de l'aube chaque pleur !

L'innocence, hélas! est semblable
A cette fleur d'avril doré!
Elle sourit : — son front aimable
Voit tomber son blanc lis sacré!

II

Toi qui de la beauté de l'âme
Ayant perdu tout l'ornement,
Comme son étoile de flamme
Le sombre et brumeux firmament!

Toi qui de la chère innocence
As brisé le vase à tes pieds,
Comme la perfide inconstance
Les plus candides amitiés!

Toi qui du saint Catholicisme
As dédaigné les Sacrements
Pour embrasser le scepticisme
Dans de lâches embrassements !

Toi qui, t'associant aux bêtes,
Ris de l'aimable pureté,
Et ne célèbres d'autres fêtes
Que celles de la volupté,

Toi qui flétris d'un souffle infâme
Un sexe crédule en amour,
Promettant une longue flamme
Que tu ne lui laisses qu'un jour,

Après... — Oh! la pudeur sublime
A crié vengeance !!! et le ciel
Te fera tomber dans l'abîme
De remords! de soufre! et de fiel !...

Toi qui devrais guider ces anges,
Fragiles comme l'humble fleur
Sur qui leurs frères, les archanges,
Versent du soir l'amoureux pleur,

Toi qui, serpent trompeur, te glisses
Sous les caresses de l'amour
Au fond de ces chastes calices
Pour les obscurcir dans un jour,

Toi qui vends la foi précieuse
Au plaisir honteux et charnel,
Tremble... Une main mystérieuse
Agite un tonnerre éternel !!!

Et déjà dans l'horrible couche
Où tu te retournes cent fois,
Le remords hideux qui te touche
Te verse le fiel que tu bois !

Et quand, vers le jour qui se lève,
Le sommeil ferme enfin tes yeux,
Soudain l'épouvantable rêve
Fait sauter ton cœur odieux !

Tu vois tes fragiles victimes
A ton sein nu se cramponner,
Avec les chaines de tes crimes
Près d'un abime t'enchaîner,

Puis vers l'immense gouffre où fume
Le feu par le mal allumé,
Tourbillon d'horrible bitume
Dont le méchant est parfumé,

Elles te roulent... et tu tombes...
Et le sommeille s'en va... la peur
T'a rendu froid comme les tombes
Que referme le fossoyeur !!

Non ! non ! point de paix pour l'impie !
Malgré ses étourdissements ,
Au fond de son âme assoupie
Hélas ! que de bouillonnements !

Il rit , il crie , il chante , il songe
Au délire de ses excès ,
Mais un ver en secret le ronge...
Pour l'impie il n'est pas de paix !

Tel le fruit brillant et superbe
Dont la beauté séduit nos yeux ,
Au moindre vent tombe sur l'herbe
Rongé par un ver odieux !

III

Mais toi, virginale Innocence,
Tu n'as que des jours empourprés
D'amour, de rayons, d'espérance,
Dans les espaces éthérés !

Le soir, ouvrant tes blanches ailes,
Tu vas avec sérénité
Au fond des voûtes éternelles
Te plonger dans l'éternité !

Je t'aime, ô belle sœur des anges,
Vierge, qui fais tout mon bonheur,
Toi seule chantes les louanges
De l'ineffable Créateur !

Sans toi la coupole azurée
Où roule le flambeau du jour
Perdrait son aurore empourprée
Et son grand firmament d'amour !

L'innocence est la fleur sublime
Que respire le Créateur :
Sa main balance sur l'abîme
L'univers aux pieds du Seigneur,

Comme dans l'espace stellaire
Un souffle pur, mystérieux,
Balance au-dessus de la terre
Le grand aigle au vol radieux !

O Vierge, ô colonne du monde,
Si tu t'envolais dans le ciel,
Bientôt dans une nuit profonde
Croulerait ce globe mortel...

» Soleil, obscurcis ta lumière,
» Lune, retire tes rayons,
» L'innocence a quitté la terre
» Pleine de malédictions ! »

Et le système planétaire
Se briserait au fond des cieux,
Et chaque étoile sans lumière
Heurterait ce globe odieux !...

Viens, fleuris, scintille, rayonne,
Innocence, ô Vierge d'amour,
Sois l'ornement de ma couronne
Et mon soleil de chaque jour !

IV

Donne à ma harpe catholique
Ta candide sublimité,
Ta voix douce et mélancolique
Frappant l'espace illimité !

Innocence, avec toi la vie
Coule mélodieusement,
Comme l'humble source ravie
Dans les prés gracieusement,

Coule, coule sur la verdure
De son charmant lit velouté,
Gazouille et rit autant que dure
Des saisons la sainte beauté !

Innocence, ô blanche Compagne,
Ton regard est l'astre vermeil
Qui franchit la haute montagne
Et que nous appelons soleil !

Ton regard est plein d'espérance
Comme l'étoile de la nuit
Qui glisse et se mire en silence
Dans la fontaine au léger bruit !

Ta suave et noble paupière
Que je baise si chastement,
Est comme un rayon de lumière
Élancé du Saint-Sacrement !

Ta voix fait tressaillir mon âme
Comme la solennelle voix
De Philomèle aux chants de flamme
Dans les mystères des grands bois !

V

Quand la lune sur le vieux chêne
Promène sa virginité
Baisant le beau lac qui l'enchaîne
Devant son miroir enchanté,

Quand le flambeau des belles âmes,
Passe à travers le bois obscur,
Doux comme ces candides femmes
Dont le regard est dans l'azur !

Quand le souffle de la vallée
Fait frissonner le noir sapin,
Serpentant d'allée en allée
Comme l'orgue d'un Séraphin,

Quand l'universelle harmonie
Embrasse la Création
Et que le céleste génie
Commence l'adoration,

Quand l'extase parcourt l'espace
Et que les mondes dans les cieux
Redisent l'action de grâce
Qu'entonne l'Ange radieux,

Lorsque tout chante ou tout soupire,
Les bois, les fleuves, les ruisseaux,
Et les étoiles de l'Empire
Et la cime des grands ormeaux,

Quand enfin l'univers sublime
Chante le *Te Deum* d'amour
Qui du ciel descend dans l'abîme
Comme le roi brillant du jour,

Te Deum que la voix humaine
Est trop faible pour répéter,
Car dans notre exil est-ce à peine
Si l'âme pourrait le chanter;

Et qu'alors Dieu dit à ses anges :
» Toi, va balancer les soleils;
» Toi, va sur les vagues étranges,
» Et toi, sur l'aube aux lis vermeils!... »

Assis sur le coteau sauvage,
Moi je m'incline sur ton front
Où je contemple ton image
Dans l'humble source du vallon !

Comme le Poète en silence
Détache son regard des cieux
Pour voir la vierge qui s'élance
Dans le beau fleuve radieux !

23

VI

C'est par toi, céleste innocence,
Que j'entends les concerts des cieux,
Et que, dilaté, je m'élance
Au Banquet des enfants pieux !

C'est par toi, qu'en l'Eucharistie
Je me plonge avec volupté,
Et que sur l'aile de l'Hostie
Je m'envole en l'Éternité !

Avec toi, céleste innocence,
Je verrais impassiblement
Tomber sur moi la voûte immense
Du formidable firmament !

Ta vie est des Anges la vie !
Innocence, ô mon seul amour !
Je te vois ! mon âme est ravie,
O Fille du divin séjour !

Pourquoi t'aimé-je, Vierge auguste,
Mon étoile au terrestre lieu?
Pourquoi? — Sur le beau front du juste
N'es-tu pas le regard de Dieu !

Ah ! ferme soudain ma paupière,
Donne-moi la mort, si je dois
Dédaigner ta douce lumière
Et ne plus entendre ta voix !

Que je m'envole vers mon Père,
Avant que de te profaner,
Comme une colombe étrangère
Que le mal devait enchaîner,

Comme le cygne, avant que l'onde
Ne se trouble... prend son essor,
Et sur l'eau limpide et féconde
Descend pour se plonger encor !

VII

Vous, qui l'avez perdue, ô frères,
Pouvez-vous vivre heureusement?
Et promenez-vous vos paupières
Dans l'espace du firmament?

Respirez-vous avec délices
Les parfums des bois et des prés?
Et souriez-vous aux calices
Par les pleurs du matin dorés?

Quand la cloche parcourt l'espace
Et des Chrétiens émeut le cœur,
L'espérance qui brille et passe,
Vous dit-elle : Viens dans le Chœur,

Viens contempler le saint Calice
Rempli de la sueur de sang...
Unis ton âme au Sacrifice
Qui tombe aux pieds du Tout-Puissant ?

Dans l'église ogivale, où l'âme
Éprouve un saint recueillement,
Allez-vous répandre la flamme
D'amour aux pieds du Sacrement ?

Quand le ruisseau de la vallée
Murmure en glissant nuit et jour,
Et que la branche échevelée
Du saule y pleure tour à tour,

Dites-vous à la source : Chante
Le Dieu qui se penche sur nous !
Mêle ta voix jeune et touchante
Aux vierges priant à genoux ?

Quand la lune auprès de l'étoile
Nous jette avec limpidité
A travers l'ineffable voile
Sa pudique virginité,

Quand les étoiles innombrables
Se développent sous le dais,
Soudain les élans admirables
Vous ravissent-ils dans la paix,

Comme l'ange dont la ceinture
Flotte au ciel radieusement,
Et qui contemple la nature,
Penché du haut du firmament,

Comme l'aigle qui fend l'espace
Lançant des gerbes de rayons,
Comme l'âme qui monte et passe
Avec ses bénédictions?

Quand sur vous le sommeil se glisse,
Et que la veille dit : Adieu !
De votre bouche qui se plisse
Le dernier mot est-il : Dieu ! Dieu ?...

Non, non ! sans la belle innocence,
Il est obscur le firmament,
Et dans le cœur plus d'espérance,
Plus de paix ! de rayonnement !

Allez aux pieds du Fils de l'Homme
Confesser votre égarement,
Et vous verrez encor le dôme
Avec un saint tressaillement !

Tout vous sourira sur la terre,
L'herbe et le cèdre du Liban,
Et le beau firmament stellaire
Et la fleur au calice blanc !

Et quand la colombe sonore
Traversera les airs charmés,
Vous direz : « Oiseau de l'aurore,
» Nos jours pareils sont embaumés ! »

Le vice est une flétrissure
Qui ternit la splendeur des cieux,
Et fait ramper sous sa blessure
L'âme prisonnière en ces lieux !

L'aigle qu'une flèche cruelle
Montant des vallons d'ici-bas,
A frappée au milieu de l'aile,
Rampe et ne se relève pas...

L'innocence franchit l'espace
Comme le pur rayon du jour,
Et va cacher sa blanche face
Dans le sein du Soleil d'amour !

Et paix, amour, joie, espérance,
Les quatre plus beaux diamants,
Autour du front de l'innocence
Jettent mille rayonnements !

Et douze étoiles précieuses,
Dont Dieu voulut la couronner,
Aux demeures mystérieuses
Sur la Vierge on voit rayonner !

Comme la lune sur son trône
Semble se ceindre à nos regards
De la magnifique couronne
Des feux brillants de toutes parts !

VIII

Vierge étoilée, ô vous, qui, remplissant mon âme
Des reflets amoureux du Sacrement de flamme,
Comme Dieu souriant sur les coteaux en fleurs
Où l'aurore en passant laisse tomber ses pleurs
Qui couvrent la prairie en diamants sublimes
Que la lumière aspire aux célestes abîmes,
Comme Dieu souriant fait glisser son soleil
Sur les bois et les prés et le vallon vermeil
Où les oiseaux sautant des verts rameaux dans l'herbe
Chantent : l'écho redit leur cantique superbe,
Vierge qui, m'élançant au milieu des Français,
Dites : « Va leur porter l'espérance et la paix !
» Ramène la jeunesse aux pieds du Fils de l'Homme,
» Cet Agneau que le ciel prosterné, comme Rome,
» Proclame le Vainqueur des vainqueurs ! Va, mon Fils,
» Du catholique autel cultiver les blancs lis :

» Pureté, vérité, sacrements, innocence !

» Dans les cœurs abrutis rappelle l'espérance...

» Ne crains pas les méchants, je combats avec toi !

» Pénètre le palais ainsi que l'humble toit... »

Rose mystérieuse, étoile de l'aurore,

Je l'ai fait... je m'incline à vos pieds que j'honore !

Permettez au Poète entraîné par l'amour

De suspendre sa harpe avant la fin du jour !

L'impiété, poison que Voltaire distille,

Ronge la capitale et la province et l'île !

Quand je dis au jeune homme : écoute ! ton printemps

Est une rose, un jour l'effeuillera... le temps

Fait pâlir la jeunesse à l'ombre de ses ailes !

Dépose dans ton sein des beautés éternelles

L'indestructible germe ! Au banquet de l'amour

Mange la blanche Hostie ! Il me répond : — « Un jour ,

» Les cheveux blancs viendront glacer mon existence ,

» Je ne pourrai goûter aucune jouissance...

» Avant, Poète, avant, j'aime la volupté !

» J'y plonge tout mon être avec avidité !

» Une secrète voix me dit : jouis sans cesse...

» Feuille à feuille s'en va la fleur de la jeunesse...

» Encore un peu de temps et les brûlants amours

» Se seront envolés avec tes plus beaux jours !

» —Ainsi, Poète, adieu ! c'est la Philosophie

» Que j'aime ! que j'adore ! et que je déifie...

» Avec elle il n'est pas besoin de Sacrements...

» Et chacun sert son Dieu selon ses sentiments !

» Crois-tu que je voudrais astreindre ma jeunesse

» A la confession !... Jamais ! la soif me presse...

» L'océan des plaisirs avec ma liberté,

» Voilà mon seul bonheur ! Quant à l'Éternité,

» Cette puissante voix du vieux Catholicisme,

» Vous l'étouffez, ô vous, Amour et Scepticisme !

» Adieu, Poète ! adieu... je ne suis pas chrétien...

» Mais je suis philosophe ! et j'ai mon Dieu ! Le tien

» Est un Dieu de douleurs... et moi je veux sans cesse

» De roses couronné, boire à longs traits l'ivresse ! »

IX

— O Vierge, je suis las ! car j'ai tant combattu
Qu'il me faut retremper mon austère vertu !
Que je suspende donc aux parois de l'Église
Ma Harpe... hélas ! mon cœur de fatigue se brise...
Ah ! laissez-moi verser dans le calice amer
Le torrent de mes pleurs qui grossirait la mer !

Viens, Calice d'amour ! viens généreuse Hostie,
De toi mon âme a soif ! Elle est anéantie...
Viens la ressusciter ! Voluptés du Seigneur,
Voluptés de Jésus ! voluptés !... ô bonheur !...
Malheureux mille fois le mortel qui se prive
De la communion où l'âme fugitive
Échappée en esprit de sa lourde prison,
De l'Agneau dans le ciel va chanter le grand nom !
Quelle joie ineffable ! oh ! quelle douce chose...

Comme mon cœur ici sur ton cœur se repose...
J'ai combattu... pour toi... tu me souris... ô Dieu !
Je voudrais ramener tout le monde au saint lieu !
Heureux qui te connaît, Divinité cachée...
Oh ! oui ! je t'ai trouvée après t'avoir cherchée !
Oui, j'ai trouvé mon Dieu ! je le possède encor...
Qui m'en séparera ? Rien ! Pas même la Mort...

La Mort n'est pas pour l'homme un néant insensible :
Son âme du Seigneur est l'image visible !
La Mort est un bel Ange ouvrant notre prison,
Et l'âme va plonger au céleste vallon :
Quand le premier Pontife, éternel Roi de Rome,
Gémissait prisonnier, le divin Fils de l'Homme
Envoya, pour briser ses chaînes, l'Ange heureux
Qui dit à Pierre : « Allons, Apôtre généreux,
» Dieu par moi te fait libre... annonce l'Évangile,
» J'ai rompu tes liens... prêche de ville en ville,
» Ton cachot est ouvert ! » De même quand la mort
Vient toucher notre front avec son sceptre d'or,
Notre âme est délivrée ! et soudain dans la joie

Là-haut elle se fraie une céleste voie,
Comme l'aigle éperdu brûlant de s'élancer
Monte jusqu'au soleil qui ne peut le blesser !
La mort est le réveil de l'âme indestructible,
Pur rayon qui retourne au Soleil invisible !

TABLE

TABLE

—

ÉCHOS POÉTIQUES DE L'AME CHRÉTIENNE.

LIVRE QUATRIÈME.

Fin de la Table du second Volume.

www.ingramcontent.com/pod-product-compliance
Lightning Source LLC
Chambersburg PA
CBHW070259030726
47505CB00004B/861